名师推荐新课标阅读书目

MINGSHI TUIJIAN XINKEBIAO YUEDU SHUMU

非洲民间故事

FEIZHOU MINJIAN GUSHI

崔钟雷 主编

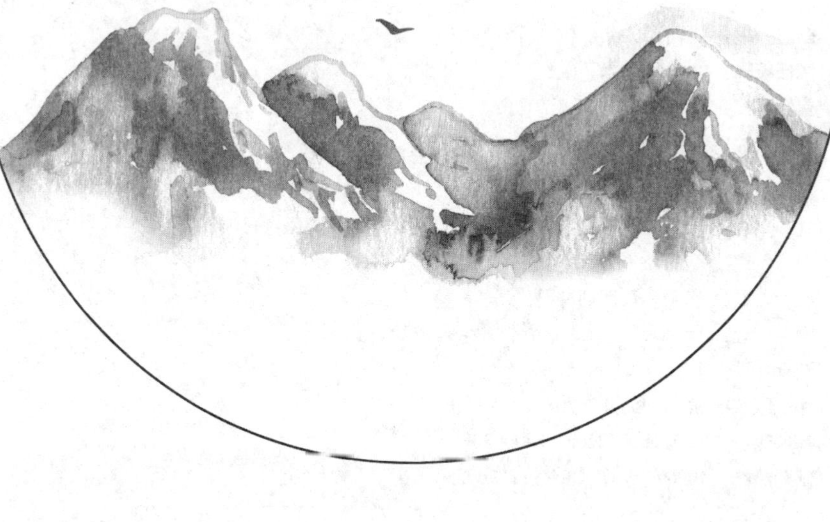

哈尔滨出版社
HARBIN PUBLISHING HOUSE

图书在版编目(CIP)数据

非洲民间故事 / 崔钟雷主编.—哈尔滨：哈尔滨出版社，2019.5

名师推荐新课标阅读书目

ISBN 978-7-5484-4547-0

Ⅰ.①非⋯ Ⅱ.①崔⋯ Ⅲ.①民间故事－作品集－南非 Ⅳ.①I470.73

中国版本图书馆 CIP 数据核字 (2018) 第 303277 号

书　　名：非洲民间故事
FEIZHOU MINJIAN GUSHI

主　　编：崔钟雷
副 主 编：王丽萍　苏　林　石冬雪
责任编辑：任　环　张　薇
责任审校：李　战
装帧设计：稻草人工作室

出版发行：哈尔滨出版社(Harbin Publishing House)
社　　址：哈尔滨市松北区世坤路 738 号 9 号楼　　**邮编：**150028
经　　销：全国新华书店
印　　刷：洛阳和众印刷有限公司
网　　址：www.hrbcbs.com　　www.mifengniao.com
E-mail：hrbcbs@yeah.net
编辑版权热线：(0451) 87900271　87900272
销售热线：(0451) 87900202　87900203
邮购热线：4006900345　(0451) 87900256

开　　本：787mm × 1092mm　1/32　**印张：**5　**字数：**160 千字
版　　次：2019 年 5 月第 1 版
印　　次：2019 年 5 月第 1 次印刷
书　　号：ISBN 978-7-5484-4547-0
定　　价：19.80 元

一本好书可以展现不同的人生，它就像一位慈爱的老者，把自己的人生阅历慢慢摊开，积淀他人的未来。一本被奉为经典的好书，一定有高妙的艺术造诣，蕴含了透彻的人生哲理，经得起时代的荡涤。青少年正处在一个认识世界、探索人生的关键阶段，这些历经时间洗礼而沉淀下来的名著是一盏盏的明灯，指引青少年走向成功的道路。

这是一套汇聚古今中外文学名著的集锦。"名师推荐新课标阅读书目"丛书精选了古今中外适合青少年阅读的文学名著，这些名著不仅深入人心，脍炙人口，而且在文学史上也占有重要的地位。"人可以被毁灭，但是不能被打败"，宣扬顽强不屈、勇敢与命运抗争精神的《老人与海》；表达真、善、美，传播友情、责任与爱的《绿山墙的安妮》；寓意深刻、发蒙启智的《伊索寓言》；既是科学著作又是人性诗篇的《昆虫记》；揭示动物情感，反映动物生命轨迹的《西顿动物故事》……从名著中汲取智慧，给成长以滋养，青少年必定受益终身。

阅读名著就像是在沙漠中行走，有时会觉得枯燥，但无论如何，如果你找到了沙漠中的那口水井，一定会收获一朵娇艳的生命之花。最后，谨以此套书献给在提高自身文学修养的道路上不断前行的朋友们。

1 读书笔记

边看边想，边读边记，把感想和领悟写下来，可以加深记忆，积累知识。

2 阅读点睛

对疑难句子、词汇进行解析，深入浅出，点到为止，启发学生理解文意。

读书笔记

说，如果你一会儿和昨天一样不吃不喝，那就是生病了，主人可不养没用的病牛，他会请屠夫过来把你宰了卖肉的。我们做邻居这么久了，你又很听我的话，那我们就不是一般的兄弟了。如果我不把这个消息通知你，我就是对不起兄弟的叛徒，而叛徒是要遭到报应的。现在，我发自肺腑地建议你，如果你不想丢掉小命，就好好吃饭，务必让主人觉得你是活泼健康的。如果你还要小聪明，那么过了明天我就再也见不到你了。"

牛嘴角的笑容早已不见了。它呆立在一旁，像是被这突如其来的消息吓傻了，半晌才醒过神来。牛非常感激驴告知它这一消息，并决定听从驴的新建议。

阅读点睛

通过对牛的动作描写和细节描写，使一个单纯的、急欲展示自已健康的牛的形象出现在我们眼前。

萨利一直在暗中观察，他看到用人再将和昨天一样的食物端过去时，牛积极地跑到晚餐面前，狼吞虎咽地吃光了食物，甚至来不及喝口水。

看到前因后果的萨利开始反省自己："人类的行为和意图，动物们都看在眼里，记在心里，只是由于语言不通，不能和人类好好交流。那么通过计谋驱使它们，就比通过蛮力压榨要来得巧妙，也会产生事半功倍的效果。因为人类和动物在思想上没什么区别，要和它们换位思考，尽量避免使用暴力。所以，我们完全可以用平等的态度对待它们。"用人轻声答应了。

情节档案

起　因：有一个名叫萨赫罗的年轻人以放羊为生，日子过得轻松自在。但是有一天，他突然觉得自己每天都必须和羊待在一起的生活不是长久之计。

经　过：萨赫罗在小溪边遇到了放羊女萨赫拉玛，两个人结了婚。婚后，萨赫拉玛带来了自己的羊，并负责放两只羊，萨赫罗就待在家里睡觉。萨赫拉玛因为放羊时常被蜜蜂蛰，便决定用羊换一箱蜜蜂，以后靠喝蜂蜜为生。

高　潮：到了旱季，夫妻俩只能喝存在瓶子里的蜜蜂。有一天，萨赫拉玛不小心打碎了存储蜂蜜的瓶子，她一边捧起蜂蜜一边不停地唠叨，萨赫罗听得很生气。

结　果：夫妻二人大吵起来，萨赫罗动手打了萨赫拉玛。最后，萨赫罗宣布两个人回归单身生活。

· 68 ·

3 情节档案

指导学生抽丝剥茧地找到文章的四大要素。既有助于阅读理解，又能提升写作能力。

品读赏析

故事中的萨利因为能够听懂动物的语言，所以明白了要对动物温柔以待。我们尽管和动物语言不通，但从小就知道动物是人类的好朋友。动物和我们都是有生命的，它们给我们带来了无数欢乐，也给我们提供了很多帮助。我们应该和它们和睦相处，不要互相伤害。

4 品读赏析

提炼文章的中心思想，了解作者的写作意图，使学生对文章内容有更深层次的认识。

拓展延伸

非洲的农业

《驴和牛》的故事发生在很久以前的非洲。非洲的全称是阿非利加洲，这个来自拉丁文的命名，原意是“阳光灼热”。这里的土壤是热带土壤，风化严重，因此虽然非洲文明起源较早，但是农业一直没有过渡到深耕，而且受自然条件限制不得不采用休耕形式，这就大大限制了农业的发展。中非之间关系友好，面对非洲农业发展困难的现状，中国积极伸出援助之手，派出农业专家前往非洲，使非洲的农业发展水平上了一个台阶。

5 拓展延伸

选择恰当的知识点，对文章进行合理的延伸，为学生打造了一个内容丰富、精彩纷呈知识储备库。

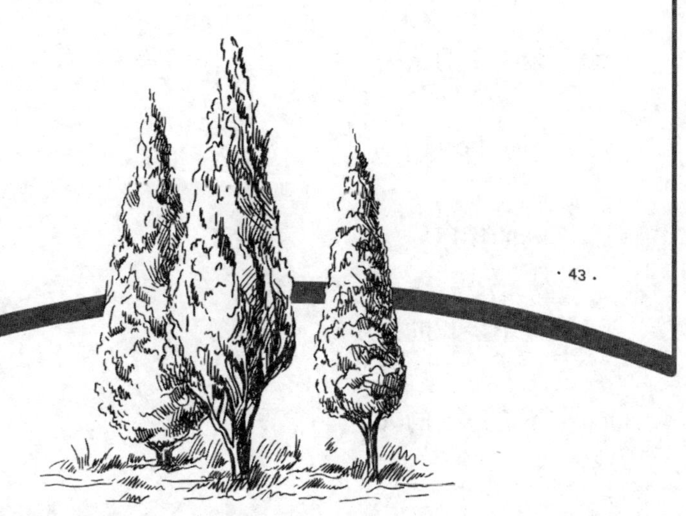

目录
MULU

阅读可以让你在别人思想的帮助下,建立自己的思想。阅读能够让你在刚好的年纪,遇见刚好的自己;阅读使你如风,吹过森林、溪流,掠过高山、旷野;阅读使你如雁,经过太阳、月亮,路过南方、北方……人生路长,书海浩瀚,愿你我永远有好书相伴。

三个朋友

从前有三个青年才俊，他们意气相投，成了好朋友。后来，这三个朋友计划一同前往他乡求婚。三个人梳洗打扮一番，换上崭新的礼服之后，就一起上路了。刚走没多久，最年轻的那个朋友对其他两个人说："朋友们，你们先走吧，我要休息一下，一会儿再赶上你们。"

然后，两个年长一点的朋友接着赶路，最年轻的那个人走到了马路旁边，准备坐下休息。忽然，他看到草丛中有一个箱子，看起来像是被谁匆忙丢到这里的。年轻人四处张望了一下，看到此时附近只有他自己，便疾步来到草丛中，准备抱走箱子。可箱子出乎意料地沉重，年轻人不能抱起它，就想将它打开，看看里面装了什么东西。箱子上装了一道锁。年轻人左右看看，拿起一块石头就朝锁砸去。很快，锁就被砸碎了。年轻人打开箱子一看，只见里面装满了硬币，在阳光的照射下熠熠生辉。年轻人开心得不得了。他当即脱下了身上的外套把它铺在草地上，将箱子里

◉ 读书笔记

◉ 阅读点睛

一系列的动作描写使读者仿佛身临其境，也使一个活泼真诚的年轻人形象跃然纸上。

的硬币堆在上面，最后将外套合拢打了个扣，做成了一个简易钱袋，背上它大步向前跑去，很快就追上了两个朋友。两个朋友以为他休息好了，停住脚步等他。年轻人开心地说："朋友们，我们发财啦！"

另外两个人说："你捡到柯拉果了吗？"

年轻人摇头："当然不是，柯拉果根本不配和它相提并论。"他边说边迫不及待地打开了背着的简易钱袋，两个朋友终于看到里面藏着的硬币，感到很兴奋。他们统计了一下，发现总共有一便士二十四先令。一个朋友提议："我们三个人把这些硬币平分了吧，一人八先令，还能剩一便士买好吃的！"

三人中最年长的那个人说："我觉得有道理，这都是幸运女神赐予我们的礼物呀。"然后转头对年轻人说："我提议，你先用这一便士到镇上买好吃的，等你回来我们再说分钱的事。"

阅读点睛

从这段看似平平无奇的对话中，我们可以看出年长的那个人取得了这些意外之财的主导权，对年轻人的提议也暗藏玄机。

年轻人非常听话，带着钱跑向了附近的小镇。等年轻人跑远了，剩下两个人中的一个人对另一个人说："如果你愿意的话，我们趁他不在，平分这二十四先令，怎么样？"

另一个人回答："我觉得有道理，可是我们怎么才能拿到这些硬币呢？"

提议的人说："别担心，我想到一个好主意。你看见了吗？那边有个猎人，我们找他合作，让他藏到这个树洞里，然后配合我们演一出戏。"

另一个人觉得这个主意可行，于是他们开始行动起来。他们找到了远处的猎人，跟他说了一会儿的计划,并承诺事成之后付给他丰厚的酬劳。猎人听说有好处拿,就欣然同意了。他身手敏捷地上了树,带着钱藏到树洞中。

没过多久,之前去小镇的年轻人跑了回来,他看到留在原地的朋友们正抱头痛哭,诧异地问:“发生什么事情了?”两个朋友说:“钱被可恶的树抢走了!”

年轻人生气地说:“你们怎么能说谎呢?三岁的小孩子都知道,树是不可能动的,更不可能抢劫了。你们是不是偷偷地把钱藏起来了?”

这时,躲在树洞中的猎人出场了,他说:“年轻人,你知道什么,就是我把你们的钱抢走了。这两个人已经被我打败了,你要是认为你比他们强的话,就来试试吧!不过我要提醒你,你还年轻,见过的世面太少,不知道我有多厉害。我的手下败将数不胜数,你将是其中最渺小的一个。”

年轻人听到树对他说了人话,一时间被吓得魂飞魄散,慌忙跑离了现场,直奔王宫大殿,向国王报告了这件奇事。

国王认为年轻人是在胡说八道,他生气地说:“树是不可能说人话的,一定是有人作恶!我问你,告诉你这件事的那两个人呢?”

年轻人说:“我那两个朋友应该还留在原地。”

这时,听到事情始末的丞相提议:“尊贵的陛下,微臣愿意和这个年轻人去大树那里一探究竟,看看这到底是不是一个低级的恶作剧。”

国王同意了。

丞相带着几个侍卫,和年轻人一起出发了。不一会儿,他们来到了大树所在的地方,此时年轻人的那两个朋友还在大树下抱头痛哭。丞相来到他们面前,问道:“到底发生了什么事情?”两个朋友发现丞相来了,整理了一下仪容,将事情的始末同丞相一一说明。丞相对他们的说辞不置可否,皱着眉头问:“你们确定说的都是真话吗?”

两个朋友双膝跪地,满脸无辜地对丞相说:“尊敬的丞相大人,我们保证所说的都是真话。之前我们两个人在这里等待朋友回来,后来等得实在无聊,就将钱拿出来想要再看一看。没想到一阵风突然吹来,迷住了我们的双眼。等我们重新睁开眼睛的时候,钱就不见踪影了,地面上只剩下风吹来的沙土。一开始我们以为是这层沙土覆盖了钱,着急地挖开眼前的沙土,可是一直挖到地下,也没看到钱的影子。后来我们回想丢钱的经过,风吹来时我们两人相对而坐,钱放在我们两个中间。于是我们相互指责,都认为是对方偷走了钱,但是都矢口否认,情急之下我们动起手来。就在我们两个打得不可开交时,突然一个神秘的声音传来:‘两个年轻人,不要再打了,让我大发慈悲地告诉你们,是我拿走了你们的钱。你们要是不怕死,就鼓起勇气来找我要吧!’我们两个害怕极了,循着声音找了好久,才发现罪魁祸首居然是这棵树。”

读书笔记

躲进大树的猎人知道又到自己表演的时候了,故作深沉道:“没错,钱就是我拿的!”

丞相左右看看,不太相信地说:“不要再装神弄鬼了,树是不可能开口说话的!”

树里的猎人威胁道:“怎么?你不相信吗?那你到我面前来,我要让你知道我的厉害!”

丞相被大树的威胁吓破了胆,慌忙求饶道:“大树先生,请原谅我的无礼,这都是因为国王的命令啊。”

阅读点睛

丞相到了现场仅仅是听了两个朋友的叙述,再听到一棵树中传来人的声音,就吓得求饶,完全任由骗子摆布。

说完,不等大树回应,丞相撒腿跑回了王宫,急促的呼吸还未平复下来,就向国王报告刚刚发生的一切。他对国王信誓旦旦地说确实有一棵可怕的神树,是他亲眼所见、亲耳所闻。国王还是不信世界上有大树会说话这样荒唐的事情，决定亲自前去揭开事情的真相。很快，一行人马就来到了大树前，丞相对国王说：“尊贵的陛下，那棵奇怪的树就在这里。”

树里的猎人听了，开口反驳道：“你这个大胆的人类！大胆的人类！竟然对我如此不恭敬！谁给你的勇气说我是奇怪的树？居然当着我的面信口开河！我今天一定要让你知道，什么叫作祸从口出！”

丞相闻言，吓得浑身颤抖，脸像窗户纸一样惨白。他不自觉地向大树跪拜，连连求饶。国王却淡定地靠近大树，仔细地观察起来。突然，他发现了一个隐藏的树洞，看起来刚好可以容纳一个成年人。国王又低下头，看到树下残留的明显不符合那两个人尺寸的凌乱脚印，他冷静地思索：据说妖怪只会在午夜时分出现，而且也从没听说国家中发生过这样荒诞的事情。将这一系列线索联系起来之后，国王确定这一切都是一场骗局，是那两个人为了私吞钱财而设计的把戏。这场骗局看起来天衣无缝，其实根本经不起推敲。

国王看了看跪地求饶的丞相，怒其不争道：“你是当朝丞相，怎么能向树跪地求饶？真是太丢脸了！”转身怒斥大树：“如果你不乖乖把抢走的钱还回来，就别怪我不客气了。我将命人举起火把，无论你是树还是装神弄鬼的人，都会被烧得一干二净。”

猎人并没有因此感到害怕，反而更加猖狂道：“尊贵的陛下，我劝你还是乖乖地回到你的王宫当国

阅读点睛

“浑身颤抖”“连连求饶”等，用词精准；“脸像窗户纸一样惨白”，比喻形象。短短一句话，将此时丞相的心惊胆战描写得活灵活现。

阅读点睛

国王通过自己的观察找到了线索，在思考之后做出了正确的判断，与丞相形成了鲜明的对比。

王去吧，如果你再不识好歹，可就后悔都来不及了。”

国王见他如此冥顽不灵，就命令手下说：“去，找些干柴过来！”手下们迅速地找来许多干柴，并将它们全部堆到了大树根部。

国王下令：“开始点火！”

国王的手下立刻将干柴点燃。火势逐渐变大了，火苗像是准备吞噬一切的怪兽，随风四处乱窜，大树很快就被纳入了它的统治之下。猎人终于慌了神，他躲在树洞里面，四溅的火星如同死神降临的信号，恐惧和紧张包围了他。他不想被活活烧死，于是起身高声喊道：“陛下，国王陛下，请原谅我！我承认根本没有什么奇怪的树，都是我在搞鬼。我马上向您道歉！”

阅读点睛

运用了比喻和拟人的修辞手法，生动形象地表现了火势的猛烈。

猎人爬出藏身的树洞，只见他一身短打，背着弓箭，手拿钱袋。他来到国王面前，将他和那两个人之间所有的阴谋诡计和盘托出。

听完了事情的真相，大家都对国王投以敬佩的目光，纷纷称赞道：“不愧是英明睿智的国王陛下，一切阴谋都逃不出您的法眼。”

国王判罚那两个人与协助他们犯罪的猎人各五十大板，行刑之后再关进监狱服刑半年。六个月之后，他们刑满释放。三人来到大街上，街上的人都对他们指指点点。他们非常无地自容，恨不得找个地缝钻进去。而受骗的那个年轻人呢？国王派人将他那两个曾经的朋友押走之后，弯腰捡起了猎人丢下的钱袋，交给了他。年轻人手足无措地看着手里的钱袋，好半晌才反应过来，对着国王行礼致谢。然后，他辞

阅读点睛

犯下的罪责无法真正地被抹去。设下骗局的三人不仅受到了身体的责罚，还要面临失去所有人信任的窘境。

别了众人，继续向最初的目的地前进。国王则带着丞相和手下回了王宫，只不过以后每当和丞相一起开会时，国王都会想起他对着大树求饶的愚蠢样子，免不了就要嘲笑他一番。

品读赏析

本故事名为《三个朋友》，但是很显然这三个朋友之间的友谊非常脆弱，并没有经受住利益的考验。年轻的朋友非常信任两个年长的朋友，将自己发现的意外之财主动和他们分享，而他们却找猎人狼狈为奸，试图私吞钱财，最终搬起石头砸自己的脚。我们对待自己的朋友应该像年轻人那样真诚，因为卑鄙与狡诈的开始，就是友谊的终结。

拓展延伸

柯拉果

柯拉果树，锦葵科，是一种常绿乔木，树高约 2—4 米，叶呈卵形，花呈白色，一年中两度开花。柯拉果是其果实，荸荠大小，薄薄的皮呈浅红色，味苦而涩，咀嚼后可以提神。柯拉果是西非当地人喜爱的食物之一。尼日利亚伊博人对柯拉果极为崇拜。他们把柯拉果视为解决一切问题的“金钥匙”，启发良心的“种果”。柯拉果还是伊博人待客的佳果。当客人到后，主人端上柯拉果便是表示对客人的诚心欢迎。

上天的礼物

阅读点睛

开篇介绍了本故事的两个主人公:穷人和娜莎拉,指明他们的身份地位和人物关系,使人们好奇这两个市井小人物如何与上天的礼物产生关联。

读书笔记

从前,有一个一无所有的穷光蛋,再没有人能比他更贫穷了,驴子和娜莎拉是他仅有的财产。对了,娜莎拉是他的女仆。穷人没有正经的工作,整日靠上山打柴为生。

巧的是,这个穷人的隔壁住着本地最富有的财主,家中财宝数不胜数。于是穷人把打来的柴卖给财主,娜莎拉也不时在财主家做帮佣,这基本就是两家的所有联系。

某天,穷人去了一处陌生的山沟打柴。他发现了一棵粗壮的树木,于是身手灵活地爬了上去,准备砍伐树枝。突然,远处跑来一支队伍。这支队伍有二十匹马、四十个包裹和四五个人。他们很快跑进了山沟,队伍中一个身材高大的壮汉站在一块与众不同的巨石前,然后开口说道:"巨石宝库,我是你的主人,快开门!"巨石果然应声而开,露出了一个巨大的山洞,洞里满是金灿灿、亮闪闪的金银珠宝。他们走了进去,交谈声在山洞里回荡,树上的穷人听得一清二楚。山洞里一个声音说："天神啊！今天难得有这么多宝贝！"第二个声音问："老大，怎么收获这么多？""今天凌晨，我去一个富人家打劫，刚一进去，他们家人就被吓得瑟瑟发抖。我把他家洗劫一空，什么都没留。"然后，就听到一阵噼里啪啦的声音，想必是在整理新抢来的金银珠宝。没过多久，他们带着干瘪的袋子走了出来，领头的壮汉转身说出口令："巨石宝库，我是你的主人，快关门！"巨石果然挪动了位置，一切恢复原样。紧接着，这支队伍向山沟外面飞奔而去，很快就不见踪影了。

原来他们是一群山贼，领头的那个壮汉就是这伙山贼的首领，而这个秘密的山洞就是他们的宝库，里面装满了打劫来的宝贝。多少年来，这个藏宝库没有被发现，多亏了洞口的那块神奇的巨石。而现在，这个宝库再也不是秘密了，因为树上的穷人已经都听到了。待山贼彻底离开之后，穷人迅速来到巨石面前，学着山贼首领的样子说道："巨石宝库，我是你的主人，快开门！"巨石并没有发现主人的声音与之前不同，照常打开了大门，让穷人走了进去。映入穷人眼帘的是一片金碧辉煌，数不清的金条、宝石散落在地。穷人马上拿出了随身的麻袋，装了满满一麻袋的金银珠宝，然后将它们背出山洞，放到了拴在树上的驴子身上。这时，他才松了一口气，对着巨石发出口令："巨石宝库，我是你的主人，快关门！"然后看着巨石移回原位，仿佛什么都没发生。穷人骑上驴子，满载而归。

穷人还没到家，就看到等在门口的娜莎拉。待穷人下了驴子，娜莎拉把沉重的麻袋背回了卧室。穷人喜不自禁地对娜莎拉说："我今天真的太幸运了，娜莎拉！上天赐予了我这么多珍贵的礼物！"说着他打开了麻袋，麻袋里的金银珠宝立刻溢了出来，看得两人兴奋不已。穷人交给娜莎拉一个任务："娜莎拉，你到隔壁的财主家借个秤回来，我们看看这些到底值多少钱。"

娜莎拉立刻来到财主家，笑着对管家说："管家先生，请问能借用一下您家里的秤吗？"管家非常奇怪地问："恕我冒昧，娜莎拉小姐，您主人的家产应该用不到秤吧？”“是这样的，今天幸运之神眷顾了我们，我的主人收获了许多上天赐予的礼物。”管家这才拿出秤来。娜莎拉将借来的秤交给主人，两人花费了好长时间才称完重量。然后，娜莎拉将秤送还管家，由于太过匆忙，双方都没有发现秤上粘了一小粒金豆子。晚上财主回家，管家向他报告了这一怪事，财主也很奇怪，交代管家将娜莎拉还回的秤拿来查看一番，终于发现了上面遗留的金豆子。财主与管家面面相觑，深感不可思议。财主先是用手掂量，又用秤精准地称量，发现这竟是一粒重达十克的金豆子。

财主召集全家老小分析情况，大家你看看我，我看看你，谁也说不出穷人发达的原因。财主在家里实在坐不住了，就去了穷人家。刚看到穷人，财主就着急地开口：“我的邻居，你必须给我解除疑惑，你到底是怎么搞到这么多金银珠宝的？是偷来的还是抢来的？如果你不和我平分的话，就别怪我去找酋长告发你，让他把你这个山贼绳之以法。”穷人连忙辩驳：“财主先生，我真的冤枉啊。我发誓这些金银珠宝不是偷来的也不是抢来的，它们是来自上天的礼物。来，分您一点儿。”穷人委屈地分给了财主一点儿金豆子。财主一把抓过金豆子，然后不依不饶道：“不行，只给我这些根本不够，再多点儿再多点儿。”穷人又拿了一些，财主还不满足，就这样来回几次之后，财主突然不再勒索，而是直接威胁道：“我的好邻居，听我说，你在哪里获得的这些礼物，我需要你带我过去，否则就别怪我翻脸无情，去举报你。”穷人没有办法，只得同意为他带路。两人一起走进了山沟，来到那块神奇的巨石面前，穷人说：“财主先生，就是这里了。”财主四处查看，却一颗金豆子也没看见，恼羞成怒道：“你这个品格低劣的穷人！竟然敢欺骗我！我怎么没看到上天的礼物？”“还差一步，你看好了，一定要牢记我的口令。”

穷人面向巨石，口中念念有词：“巨石宝库，我是你的主人，快开门！”巨石应声而动，敞开洞口。财主半信半疑地走进山洞，突然眼前一亮，看到了堆砌成山的金银珠宝。财主两眼发光，立刻钻进钱堆里，手忙脚乱地搬运起来。慌乱之中，他还不忘将穷人赶走："谢谢你，我的邻居，现在你可以先回去了，快回去吧！"穷人听话地离开了。财主更加肆无忌惮地搜刮财宝，直到带来的两个袋子都装不下了，才准备回家。不幸的是，这时山贼们回来了，迎头撞见来偷东西的财主。人赃并获，山贼首领怒不可遏，掏出武器冲他大喊："你这个胆大包天的东西，竟然跑到我的地盘撒野。说，你是如何进来的，不说我就让你竖着进来横着出去！"财主吓软了身子，哆哆嗦嗦地告诉了山贼事情的原委。财主话音刚落，只见山贼首领手起刀落，财主已是没了性命。只是杀了他还不解恨，首领又愤而将其五马分尸，然后命令手下的山贼："我不管你们用什么办法，一定要把那个可恶的人给我抓来！"山贼们异口同声道："没问题，老大。您先别生气，我们一定把他押送到您面前。只是现在情报不足，请您多宽限几日。"首领点头同意了。

另一边，财主的家人发现他已经失踪了两日，心急如焚地找来穷人询问情况。穷人此时也一头雾水："我也不知道呀，那天财主老爷打发我先回来了。这样吧，我原路返回，去看看情况。"于是穷人骑上驴子，又来到了山洞附近。他下了驴子，将其拴到一旁，然后解下带来的麻袋站到巨石面前。穷人抬头一看，大吃一惊，原来财主的碎尸被扔在了巨石上面，此时已经成为肉干了。穷人念了一句天神保佑，没有进入山洞搬运宝贝，而是选择蹲下身子拾起肉块。他边往麻袋里放肉块，边喃喃自语："财主老爷，我们毕竟是

阅读点睛

简短的语句起到了承上启下的作用，"不幸""迎头撞见"等词语预示着山贼与财主即将展开的冲突。

读书笔记

多年的邻居，我会找一个手艺最好的皮匠把你的尸身缝合起来，然后用药酒擦拭，这样你也许还有复活的希望。"就这样，穷人带着财主的碎尸找到了一个经验丰富的皮匠，拜托他帮忙缝合。皮匠并没有拒绝这个生意，只是意味深长地说道："先生，我必须和您事先说好，你我心里都清楚，世界上没有死而复生的奇迹。我只能承诺把他原样缝好，再送回他家，让他的亲属能够有个寄托。如果你没有异议的话，就将这些尸块留下吧。"

再说那些山贼，他们正在四处打探穷人的消息。这天，其中一个山贼来到了皮匠店，刚好看到财主的碎尸。他立刻询问皮匠："这些尸块是谁送来的？"皮匠随口回答道："就是那个一夜暴富的人啊，这几天城里都传遍了。"山贼终于得到了一点线索，诚恳地问："皮匠师傅，麻烦您给我指一下那个人的家，我找他有点事儿。"皮匠于是带他来到大路中间，遥指远处说："那个房子就是。"就这样，山贼顺利地找到了穷人的家，在他家门口做了个标记后就离开了。

第二天早上，娜莎拉刚出门就发现了山贼留下的标记，机智的娜莎拉观察到别人家都没有，灵机一动，拿起粉笔在附近的房子门口都描摹了相同的标记。做完之后，她不动声色地离开了。那个做标记的山贼此时正和首领汇报任务进度呢。天一黑，那个山贼就自信满满地带着首领和其他同伙进了城，却发现所有的房子门口都被画了相同的标记。

首领让山贼继续带路，山贼却已经乱了阵脚，分辨不出哪个是穷人的家。首领大发雷霆，认为山贼愚弄了他，将他残忍杀害。

等到天亮，山贼们又开始了搜寻。其中一个山贼听说了穷人家所在的位置，到他家门口用黑木炭重新做了一个标记。娜莎拉很快又察觉到了这个标记，同时观察到附近没有一家有这个标记，她也用黑木炭在别人家的门口做了相同的标记。等到天黑，这个山贼也带着首领和其他山贼来了。和前一天晚上一样，他们还是没有找到穷人的家。于是，这个山贼也丢了性命。

剩下的山贼和首领一起回了藏宝洞。首领环顾四周,说道:“这回不用你们了,我亲自出马,一定能找到那个可恶的人。”这个山贼首领将自己打扮成一个棉花小贩,走街串巷好几天,终于知道了穷人的家庭住址。首领立即返回藏宝洞,拿出十个超大号的油罐,往里面装了十把刀。然后找了九个山贼,仔细嘱咐:“我这两天听到一个民间传说,从中得到了灵感,把你们九个叫来是想让你们参与进来,这回一定能抓住那个人!”“首领大人,您尽管吩咐,属下们一定不辱使命!”山贼们回答。首领继续说道:“我在这里准备了十个油罐,一会儿你们九个各藏进一个油罐,我往最后一个油罐里装进真的油。我假扮卖油小贩,用驴子把你们和真油罐带进城,再找借口住进那个可恶的穷人家。等到夜半三更,大家都睡了,我们一起上,把那个胆大包天的穷人碎尸万段。”

山贼们听话地藏进了油罐,首领也依照计划灌好了真油罐,然后牵着驮满油罐的驴子们进了城。转眼到了傍晚时分,山贼首领来到穷人家附近吆喝。穷人很快发现了他,走出家门和他寒暄起来。山贼首领诚恳地说:“您好,先生,我是外乡的小贩,今天进城卖油,没注意夜幕降临,不知可否在您家借住一晚,天一亮我就离开。”穷人信以为真,欣然答应了山贼首领的请求,将他请进家门,并嘱咐娜莎拉送上好吃好喝的。娜莎拉来到厨房准备晚餐,做菜时突然发现油用完了,此时街上的商店早已打烊,这可如何是好呢?就在娜莎拉急得团团转的时候,她忽然想起刚刚前来借宿的人带了很多油罐,于是决定借用一点,次日再拜托主人把油钱补上。

娜莎拉带着勺子来到了油罐前,刚打开盖子准备下勺的时候,油罐里竟然传出声音:“要开始行动了吗?”娜莎拉感觉不对,脑中忽然想起了一个民间传说,此情此景和传说中的故事如出一辙,她若无其事地说:“还没有。”然后,她依次揭开了剩余九个油罐的盖子,发现只有一个油罐真的装了油,其余的都藏着山贼。娜莎拉将真正的油罐带到灶前,开火将其烧成滚滚热油,又把这些热油灌入其余的油罐中。就这样,九个愚蠢的山贼被娜莎拉用热油活活烫死了。

此时的山贼首领和穷人正在大堂交谈甚欢。穷人对外面发生的事情一无所知。那个装成卖油小贩的山贼首领隐约听见了外面的哀嚎,心知事情可能有变,假借如厕之名来到前院。他一一打开油罐,发现里面的山贼们早已没了性命。山贼首领知道计划已经败露,不再理会带来的油罐和死去的山贼,趁夜逃回了山上。

穷人在屋里左等右等,不见山贼首领回来,于是出门寻找。还没等发现客人的踪影,就看到他带来的油罐个个热气腾腾,上前一看,里面藏有九具尸体。穷人惊慌失措地找来娜莎拉,询问情况。娜莎拉镇静地回答:“主人,刚刚借宿的卖油小贩不是好人,他要谋害您。最近家里门口总是被画标记,现在更是有人假扮卖油小贩带着山贼前来借住,您还不知道这是怎么回事吗?”穷人被娜莎拉几次三番救了性命,心中非常感动,决定和她共结连理。很快两人成了婚,过起了幸福的生活。

那个山贼首领呢,他逃回山沟和留守的山贼们会合之后,说起前一天的遭遇,众人怒气冲冲,下定决心要为死去的同伴复仇。想了很久,山贼首领说:“我决定了,这次放长线钓大鱼。给我准备一些盘缠,我潜伏到那个穷人隔壁,再伺机而动。”他将准备好的金银珠宝送给了位高权重的酋长,并一脸谄媚地说:“尊敬的酋长大人,我想在贵地经商,希望您能行个方便。送上一点薄礼,请您笑纳。”酋长被献上的金银迷花了双眼,抚掌大笑:“欢

迎欢迎，非常欢迎！城里的地皮随你挑选，自会有人帮你建造商铺。”“非常感谢，我早就挑好了地方，就在最近一夜暴富的那个人家的隔壁。我想那里的风水一定很好。”酋长非常大方地同意山贼首领的请求，派人帮忙在那里建造了两栋大房子，一栋用来做买卖，一栋用来居住。

穷人对隔壁新开的商铺非常感兴趣，经常去买东西或者闲聊。因为他和山贼首领之前见面的时候天色已晚，加之相处时间太短，所以已经忘记了山贼首领的模样。这回山贼首领又改名换姓，精心打扮了一番，即使穷人和他经常碰面，也没有察觉他就是之前意图不轨的小贩。由于他们往来频繁，山贼首领又刻意讨好，两人的感情迅速升温，成为了情同手足的好朋友。

一段时间之后，穷人和娜莎拉的孩子降生了，山贼首领为其准备了一个礼物。待到婴儿满月那天，穷人要举办一个满月礼，他邀请了众多亲朋好友，自然也包括新朋友——假扮商人的山贼首领。山贼首领认为典礼那天是一个好时机，届时参加典礼的人都会喝得酩酊大醉，等众人散场之后就可以趁机杀死穷人，为死去的兄弟报仇。很快到了举行典礼的日子，首领将凶器藏到身上，来到典礼现场和大家载歌载舞。穷人在主座上喜形于色，为自己如今的幸福生活感到满意。

穷人所在的城镇有一个特殊的习俗，那就是每逢盛大典礼，主人家的女眷都要当众舞刀，以示庆祝。今天也不例外，娜莎拉挥舞着手中的钢刀，在众人面前载歌载舞，气氛越发热烈起来。除了山贼首领本人，谁也没发现，尽管娜莎拉一直变换着舞步，但是她的注意力一直放在他的身上。山贼首领感觉不妙，准备找借口先行离开。娜莎拉却并不放过他，用轻盈的步伐移到了他的身前，举起钢刀将他杀死。首领尸身倒地之后，藏起的凶器也暴露在众人面前。大家都被吓得愣在原地，娜莎拉这才不慌不忙地解释道：“请诸位宾客不要害怕，这个携带凶器的坏人已经被我杀死了。他本是我们的仇敌，几次三番想要我们的性命。多亏天神保佑，我们才幸免于难。你们看，他又想在这个喜庆的日子对我们痛下杀手，多亏我先下手为强，才化险为夷。现在我想请大家为我们做证，免得他人产生不必要的误会。”

众人这才明白过来，纷纷为娜莎拉喝彩，认为她既聪明又无畏，是大家的榜样。穷人也非常感动，热泪盈眶地说：“娜莎拉，我最爱的妻子，你总是救我于危难之际，我真的太感谢你了。”娜莎拉并不居功：“亲爱的丈夫，请千万不要这么客气。我们夫妻本是一体，这都是我应该做的。”

山贼首领已死，剩下的山贼不成气候。于是穷人号召城里的百姓来到藏宝洞，和众人一起平分了里面的金银珠宝。后来，这个城镇里再没有一个穷光蛋，人人都是大财主。城里四处流传着穷人和他的妻子娜莎拉的传说，因为他们能为大家带来“上天的礼物”。

品读赏析

读完《上天的礼物》，我们已经被聪明又勇敢的娜莎拉所吸引，被她和穷人的爱所感动；也会记得贪婪又怯懦的财主、头脑简单四肢发达的众山贼等性格鲜明的人物。表面上“上天的礼物”是山贼们抢到藏宝洞里的金银珠宝，实际上是暗指穷人和娜莎拉美好高贵的品德。穷人将“礼物”与镇上的人们分享，并将这份美好的爱传递给了大家。

拓展延伸

一千零一夜

《上天的礼物》与《一千零一夜》中的《阿里巴巴与四十大盗》内容有部分相似。《一千零一夜》是阿拉伯帝国建立后阿拉伯民族精神形成和确立时期的产物，其中的故事主要来源于波斯和印度，是市井艺人和文人学士在几百年的时间里收集、提炼和加工而成的才智结晶，一直在民间口头流传。因此才会出现本篇故事与其部分内容相似的情况。

情节档案

起　因：有一个穷人在上山打柴的时候，意外发现了山贼的藏宝洞，穷人用偷听到的口令拿走了一些金银珠宝，并说是“上天的礼物”。

经　过：财主邻居想要独吞藏宝洞里的金银珠宝，被山贼发现并残忍杀害。山贼知道石洞暴露了，想要找到发现秘密的穷人灭口。

高　潮：山贼找到了穷人的家，危机三次笼罩了穷人，却都被机智聪慧的女仆娜莎拉一一化解。山贼首领又假扮商人以朋友的身份接近穷人，打算在酒宴上趁机杀掉他。

结　局：娜莎拉凭借刀舞先下手为强，杀了山贼首领，化解危机。最后，穷人和娜莎拉将山贼的宝藏分给了众人。

一个卖胡须的人

阅读点睛

刻画了一个注重外表的牧师形象，为后文做铺垫。

读书笔记

从前，通加城内有一个精神矍铄的牧师，尽管他已经有七十多岁的高龄，内心却非常活泼。他对自己脸上那浓密的胡须非常满意，时不时就要抚摸一番。为了更好地欣赏自己的胡须，他还养成了随时随地照镜子的习惯，要是发现镜子里的哪根胡须有一点发白，就立刻拔掉。不服老的牧师认为这样就能使自己看上去年轻一些。凡是宗教集会的日子，他都会提前好好地洗个澡，精心地梳理脸上的胡子，将自己打扮得神气十足。他做了一辈子的牧师，但是如果你不认识他的话，没准会以为这是一个老兵呢。他很为自己拥有美丽的胡子而自豪，城里的人也称他为“美髯公”。

某天，牧师要外出买东西，只见他穿了一套新的蓝大衣，手拿香烟，口含柯拉果，神采奕奕地出了门。他经过一家皮子店，听到里面的人正在高谈阔论，其中一个皮匠说：“现在的生意真是越来越难做了。那些黑心的皮货商为了能够发财，囤积了大批的皮子，只等过段时间高价卖出。”牧师忍不住说:“怎么会有这种笨蛋,就算抬高物价能多赚几个钱,又怎么会发财?如果我是商人,不仅是货物,不管是什么,只要有人买我就要卖出去。”

皮匠和牧师说:“‘美髯公’啊,要说做牧师您是专业的,没想到做生意也有独特的见解。我的店里卖的皮包,上面动物的装饰部分所需要的皮毛需要一些胡须来代替,可是最近胡须也有价无市。您的胡须好看那是远近闻名啊,我能跟您做这么一笔买卖吗?”这个人话音刚落,屋里的人都哄堂大笑。

别看牧师很爱自己的胡须,但是他更爱钱财。只要能发财,让他做什么都行。此时一听自己的胡须能卖钱,他顿时喜上眉梢,心想:胡须剃掉了还会接着长,每长一次都可以赚上一笔钱,这简直是天大的好事。牧师连忙问:“您要买我的胡须没问题,但是我要知道能卖多少钱?”

阅读点睛

牧师为了钱竟然打算卖掉胡须,与前文极其爱护胡须的形象形成对比,突出了牧师贪财的特点。

皮匠说:“我要先听一听您的价位。要是合理,我们再接着谈;如果不合理,那就没有继续谈话的必要了。”

牧师一时不知如何是好,他左看看,右看看,想了一会儿,犹豫地说:“我的胡须绝对物美价廉。”

皮匠追问:“物美价廉到底是什么价格?”

“三十先令。”牧师没有办法,只得随口说了一个价格。

“您的胡须保养得很好,这个价位确实合理。我再向您确认一遍，就这个价格，您不后悔了？”

“不后悔！”牧师一咬牙、一跺脚，点头同意了。

“三十先令买您全部的胡须？”皮匠又问。

牧师笑着说：“当然了，全部的胡须。”

皮匠接着说：“行，我们这就说好了。还有最后一个事儿，我们约个时间剃胡子吧。”

牧师说：“随时都可以呀，看您方便。”

这时，皮匠起身对四周的人说：“现在我请大家帮个忙。牧师亲口说要把满脸的胡须都卖给我，还表示这个胡须我随时可以去剃下来。我一会儿给他三十先令。各位可千万帮我做证。”

屋里的人都笑出声来，纷纷表示：“您就放心吧，这个忙我们帮定了。”那个人先谢过众人，然后取了三十先令，在众目睽睽之下交给了牧师。

牧师拿到钱就转身走了。大家不明白买胡须的那个皮匠为什么要这么做，都说他做的是亏本的买卖。那个皮匠并不解释，只是让大家静观其变。

后来的一段时间里，牧师每次碰到那个皮匠都会问：“您什么时候来剃胡子呀？”

其实皮匠心里自有打算。他认为只要胡须还在牧师脸上，牧师就会好好养护，另外，胡须会随着时间的推移而生长，这样他就能买到更多更好的胡须。因此，皮匠总是这样回答牧师：“您先别急，最近生意不太景气。再说了，您的胡须我已经付过钱了，肯定会来剃的。”牧师听了觉得很有道理，也就不了了之了。

就这样又过了一段时间，皮匠还没有来找牧师剃胡须。牧师心想：这个笨蛋一定是忘记了这件事，不然怎么会过了这么久还不来剃我的胡须。牧师把事情和亲朋好友一说，大家都夸牧师头脑精明。

又到了集会的日子，那个皮匠在理发店遇见了牧师。此时牧师刚坐下准备剪头发，想要把自己打理干净再去集会。牧师正和理发师沟通理发的细节，就看到了皮匠，他赶紧起身问："皮匠先生，您来找我剃胡须吗？"

皮匠连连摆手："今天是巧合，您忙您的，我只想修剪一下头发。"

牧师于是坐回原位，一边让理发师接着工作，一边说："我也是来整理仪容的。每次集会的时候，我都会来这里修剪头发和胡须，以最好的状态前往教堂。"

很快，牧师就剪好了头发，站在镜子前整理好胡须的形状之后，他转身准备离开。不想，皮匠突然对他说："不好意思，牧师先生，我突然想要取走您的胡须了，请您跟理发师说一声，把脸上的胡须剃给我吧。"

牧师皱了皱眉头，有些不开心地说："您刚才怎么不说呀，今天是节日，我马上要去教堂参加集会了。不然我忙完再亲自给您送去，行吗？"

皮匠慢条斯理地说："您先别急，听我细细给您说。正因为您要去教堂，才应该把脸上的胡须剃掉呢。您仔细想想，满脸胡须多显老呀。我劝您还是不要着急出门，先把脸上的胡须剃光吧。"

牧师听得憋气窝火，却碍于之前的约定无法宣泄出来，只得坐到椅子上等理发师将胡须剃光。就在理发师润湿了他的胡须，准备下剃刀时，那个皮匠突然说："牧师先生，我又改主意了，您还是先去教堂参加集会吧，等过段时间我再向您讨要胡须。"

牧师这回真生气了，他火冒三丈地对皮匠说："你一定是故意的！我要走的时候你非要我剃下胡须给你，理发师刚准备下剃刀你又不要了。我今天非要把胡须给你，不会再给你戏弄我的机会！"

皮匠仿佛感受不到牧师的怒火一般，对牧师说："我很抱歉，牧师先生，我并不是有意要为难您。但是，据我所知，我拥有随时索要本人财产的权利。要是我没记错的话，我国的法律条文就是这样规定的，如果我哪里说错了，欢迎批评指正。"皮匠讲完一大段道理之后，转身离开了这间理发店。牧师没有办法，只得让理发师修补一下自己的头发和胡须形状，好赶往教堂。

还有一次，皮匠正在皮子店做生意，就看到牧师狼狈地经过，后面跟了很多小孩儿。那些小孩儿大声地喊着："告诉大家一个大新闻！我们的城市出了个穷光蛋！他向皮匠卖了脸上的胡须！如果皮匠不向他要，他就不能剃胡须，真是太可笑啦！"没过多久，街坊邻居们都听说了这件事。

牧师发现大家都在嘲笑他，羞得不敢出门。日子久了，牧师的胡须越来越长，可是皮匠一天不来要胡须，他就一天不能剃胡须。牧师每天在家回想皮匠的话，越想越郁闷。

这天，皮子店的那几个人又聚在一起聊天，忽然谈到了牧师。另外几个人说："听说牧师借口得了重病，已经很久没有出门了。大家都传他不好意思出来见人。我的朋友，你最近可别冲动，下个节日时再去找他要胡须。"

那个皮匠说道："没错，我就是这么打算的。等下个节日一大早，牧师打理完自己的仪表，准备邀请同伴一起去教堂的时候，我就去找他要胡须。"

阅读点睛

节日集会那天牧师是不得不出门的。皮匠选在这个日子去找牧师，那么不管提出什么要求，牧师都会妥协。

几个人相视一笑，定下了这个坏主意。

果不其然，到了节日那天，皮匠早早地叫了一个小孩儿去邀请牧师。小孩儿找到牧师的时候，牧师刚换上新衣服、带上新饰品、拎上新拐杖，准备离家前往教堂。小孩儿向牧师传达了皮匠的意思，牧师心里一颤，明白皮匠又来找他要胡须了。尽管他心里一万个不情愿，也不得不遵守约定来到了皮子店。没

想到此时店门外已经是人头攒动，都是来看牧师笑话的市民。看到这一场景，牧师一早的好心情荡然无存，双手和双脚都不知道放哪好了。可是再忐忑不安，他也只能硬着头皮往前走，一直走到皮匠面前，压低了声音说："皮匠先生，有什么事吗？"没等皮匠回话，周围的人就哈哈大笑起来。

牧师边找了一个墙角落座，边说："皮匠先生，我希望您能尽快说明您的意图，我还有重要的事情要做——有人在外面等我，我们约好了一起去教堂。"

"是的，我知道，牧师先生，等你的那个人也是一位有声望的牧师，你们提前约好了。"皮匠敷衍了几句，转头问道，"请问理发师来了吗？"理发师应声来到他们面前，皮匠说："麻烦您了，理发师先生，请您帮我剃光牧师先生脸上的胡须。"听到这里，旁边的人又发出一阵笑声。

理发师先给牧师进行了洁面工作，然后举起剃刀，手起刀落，牧师脸上的胡须就慢慢变少了。眼看牧师与朋友约定的时间就要到了，胡须才剃到二分之一。牧师有些坐立不安，一再催促道："理发师先生，我还有急事，能麻烦您快点吗？"

没等理发师回答，皮匠开口道："理发师先生，既然牧师先生还有要事，您今天就不要再继续了。至于剩下的那二分之一胡须，等下次再说吧，我可以宽限几天。"大家看到牧师先生此时滑稽的样子，都一脸的幸灾乐祸。

牧师看到自己这么狼狈，又遭到众人起哄，脸瞬

阅读点睛

牧师对于即将面临的戏弄有了预感，对皮匠的态度已经转变成了畏惧。

读书笔记

间涨得通红，眼泪差点夺眶而出。他低声哀求道："皮匠先生，您发发善心，把我剩下的胡须也拿走吧。"

皮匠说："牧师先生，不是我不通情理，而是我们当初就是这么约定的。我什么时候取走您脸上的胡须都可以，您不能对此有任何异议。现在，我拿走您二分之一胡须，另外二分之一胡须，我什么时候想要，自会找您。"

◎阅读点睛

呼应上文，皮匠重复重点——他能随时取走牧师的胡须，而这正好掐住了牧师的命脉。

牧师见皮匠对他的窘迫不为所动，只得将希望寄托在围观群众身上，拜托他们向皮匠求情，剃掉他脸上剩下的胡须。周围的人看到这里，也对他心生同情，纷纷向皮匠求情。皮匠并不理会他们，直言他们没有资格对他的行为指手画脚，他如何对待牧师的胡须是他的权利和自由。他还说，没准要几个月之后再来找牧师要走这剩下的二分之一胡须呢。

牧师的心情仿佛乌云密布的天空，找不到一点光明。此时后悔已经来不及了，他只能想办法渡过这个难关。牧师决定破财消灾，他低声下气地说："皮匠先生，您高抬贵手，不要再难为我了。我有一个建议，希望能用十先令来换二分之一的胡须，您看怎么样？"皮匠站在一边，恍若未闻。牧师认为皮匠嫌十先令不够，又开价二十先令。皮匠还是装作一副没有听到的样子。牧师忍无可忍地大喊一声："最多，我最多只能出三十先令。"

◎阅读点睛

运用比喻的修辞手法，将牧师的心情比作乌云密布的天空，可见牧师的心情有多糟糕。

皮匠终于有反应了，他说："这不是几个先令的问题。这是属于我的胡须，我不会为了这点钱和别人交易。更何况您说的这点钱，对我来说只是九牛一毛。"

◎阅读点睛

皮匠的话充满了讽刺意味。读了前文的都知道，牧师正是为了"这点钱"放弃了胡须的所有权。

牧师听出了皮匠话里的讥讽，但是却没有什么办法，只得忍辱负重地说："皮匠先生，我们互相理解一下。您把胡须卖给我，不仅我能体面一点儿，最重要的是您还做成一笔无本的买卖，何乐而不为呢？您把您心目中的价位说一下，凡事好商量。"

听到这里，皮匠微笑着开口说："看来牧师先生是真心实意地想要这些胡须，那么我们就可以接着往下商谈了。之前我们做交易的时候，成交金额是您说了算。为了以示公平，我们再进行交易的话，要卖多少钱自然是由我说了算。最终金额必须是我认为合理的价位，这笔买卖才能成交。"

牧师有气无力地说："您就直说吧，到底卖多少钱？"

皮匠伸出双手，摆出了一个数字："六十先令，只要六十先令。按照行规，这六十先令正好是进价的两倍，公平合理。我相信您也是这么想的。"牧师听到皮匠的报价，心都凉了一半。他万万没有想到，皮匠竟是一个如此贪婪又狂妄的小人。奈何此时胡须的处置权还在皮匠的手里，他只得小心翼翼地回答道："皮匠先生，这都什么时候了，您就别再和我开玩笑了。"

阅读点睛

皮匠就如同做皮货生意一样，在需求变多时将囤积的胡须高价卖出。

皮匠说："我并没有和您开玩笑，牧师先生。您想要向我买胡须，我也严肃地向您提出我心目中的成交金额，怎么是开玩笑呢？如果您能接受这个价格，那么皆大欢喜；如果您不能接受这个价格，也可以，反正我也不是很想卖。"

读书笔记

牧师当然看出了皮匠的险恶用心，可是对他来说完美的仪表更加重要，他无法继续忍受他人异样的目光。为了面子，牧师一退再退，说："那么成交，就六十先令。我听说贪小便宜会吃大亏，如今看来果然是这样。皮匠先生，我这就带您回家拿钱。我们一手交钱，一手交货，以往的恩怨就此一笔勾销。"

皮匠回答道："当然了，只要您将钱付给我，我们之间就两清了，以后桥归桥，路归路，不再纠缠。事不宜迟，我们出发吧。"

于是，牧师带着皮匠回了家，看热闹的人们也一路相随，生怕错过什么有意思的事。到了家，牧师东翻西找，却怎么也凑不够六十先令。即使算上之前卖毛驴换来的钱和老婆的私房钱，也不够。牧师只能向一旁的理发师求救："理发师先生，麻烦您帮忙剃掉我脸上的胡……胡须，我需要用它们卖……卖……卖钱。"就这样，牧师的另一半胡须也即将被剃光了。

阅读点睛

这里牧师对理发师的请求非常犹豫和不甘，充分表现了牧师对胡须的不舍和说出这句话时内心的羞耻。

牧师脸上的胡须还没剃干净，之前约好的那个牧师朋友就来到了他家。牧师急忙找借口，和朋友说今天身体不舒服，不能和他一起去了。

旁边的人看到这一幕，都笑话牧师，然后一边议论牧师是一个对朋友说谎的人，一边摆手回家了。

过了一会儿，牧师剩下的胡须被剃下来了。牧师将胡须和家里仅剩的五十六先令双手捧着给皮匠，然后说："皮匠先生，这就是我所有的财产了，现在都给你。"

看完了全程的皮匠当然知道牧师说的是真话，牧师再也没有多余的钱能给他了，于是他故作大方地将钱和胡须收下，转身离去。而此时的牧师，正泪眼蒙眬地看着慢慢远离的胡须和先令呢。

品读赏析

尽管“贪小便宜吃大亏”的俗语人尽皆知，但是一旦有“天上的馅饼”掉到了自己的头上，那么人们十有八九会和卖胡须的牧师一样，情不自禁地张嘴吃掉“馅饼”，然后才发现里面包藏的“毒药”。另外，做人如果太爱面子，将周围人的目光凌驾于自己的利益之上，那么就会像故事中的牧师那样，活得又累又压抑。人当然需要有尊严，但是如果过了界限变成“死要面子”，那就只能“活受罪”了。

拓展延伸

通加人

本篇故事发生在非洲通加城。现在的通加人通常是指南部非洲赞比亚的一个民族，也叫巴通加人，属尼格罗人种班图类型。通加人包括通加人本支、戈瓦人、托卡人、通卡人、维人和纳曼加人等支系。使用奇通加语，属尼日尔－科尔多凡语系，尼日尔－刚果语族。无文字。多数人信仰自然崇拜和祖先崇拜，部分人信仰基督教。通加人很早就已掌握冶铜、炼铁和制陶技术，木刻和编织技巧尤为精湛，有丰富的口头文学。

长嘴鸟和黑头莺

读书笔记

从前，有一对亲密无间的好姐妹，它们是长嘴鸟和黑头莺，它们相依为命地生活了许多年。尽管两个好姐妹感情很好，但是命运却大相径庭。长嘴鸟有着一身靓丽的羽毛，看上去优雅而美丽，一张性感的长嘴巴迷倒了无数的雄鸟。它很快就在众多求婚者中选出了自己的真命天子，并搬离了和黑头莺的家，与丈夫双宿双飞。黑头莺却和好友不同，一身乌黑黯淡的羽毛使它看起来其貌不扬，尽管不时也有前来求婚的雄鸟，但是它们在看到黑头莺又黑又短的嘴巴之后，都害怕得转身飞走了。因为外貌丑陋，黑头莺一直独自生活在原来的家，每天都很郁闷。作为好姐妹的长嘴鸟尽管也很焦急，但是也想不出什么好办法。

阅读点睛

黑头莺借着以往的情分提出了暂时交换嘴巴的要求，还许下了结婚就会归还嘴巴的承诺，推动了情节的发展。

某天，黑头莺飞到了长嘴鸟的家，找它诉苦："我的朋友，我真是太可怜了。你已经结婚这么长时间了，我还是独自一人。和我相亲的那些雄鸟，只要看见我丑陋的嘴巴，就会被吓跑。我的好朋友，我实在没有办法了，希望你能看在我们以往的情分上，满足我的不情之请——将你那漂亮迷人的嘴巴借给我。当然，只要我能顺利地结婚，不仅会归还你的嘴巴，还会送给你一份珍贵的谢礼。”

长嘴鸟说：“我的好妹妹，你可千万别这么客气，我很高兴有能帮到你的地方。如果我的嘴能帮你解决终身大事，请务必拿去，什么时候结婚了什么时候再还给我。”

黑头莺高兴地说：“谢谢你，我的好姐姐。”

解决了最关键的问题，黑头莺又缠着长嘴鸟聊天。两个姐妹好久没见，要说的话实在是太多了，从白天到黑夜，一直漫无边际地聊着。当然，谈话的主题还是黑头莺最感兴趣的婚姻问题，包括结婚幸不幸福、长嘴鸟蜜月时去了哪里、妻子应该做什么等，长嘴鸟都知无不言言无不尽。

阅读点睛

谈话内容全部围绕着婚姻，表明黑头莺心中对于婚姻的渴望。

两姐妹整整聊了一个通宵。第二天一大早，黑头莺向长嘴鸟辞行。长嘴鸟再三挽留不成，只得借给它自己的长嘴，让黑头莺漂漂亮亮地飞走了。

黑头莺飞回家后，很快就有街坊发现了它的变化，大家纷纷议论着：“太神奇了，我刚刚看到黑头莺丑陋的嘴巴不见了，现在的黑头莺美丽极了。”

没过多久，大家都知道黑头莺变好看了。一时间，来黑头莺家求亲的雄鸟们络绎不绝。这些雄鸟都一改往日的态度，对黑头莺大献殷勤。黑头莺在它们中间发现了自己的真命天子，立刻订下了婚期。

阅读点睛

黑头莺选择了一只喜欢它外表的雄鸟，此时的它完全忘了自己这副漂亮的容貌是借来的。

黑头莺的婚礼很快就热热闹闹地张罗起来了，

读书笔记

婚礼当天宾客众多，光是柯拉果就收获了许多。婚礼结束的第二天，黑头莺和它的丈夫就闭门谢客，过起了为期一周的新婚生活。

谁也没想到，黑头莺的本性竟是如此的恶劣。它已经忘了当初的承诺，不仅没有送给长嘴鸟一份珍贵的谢礼，甚至连自己成婚的喜讯都没有和它分享。一周过去了，这天黑头莺的丈夫离家觅食，有用人来找黑头莺："尊敬的主人，当初您对长嘴鸟许下了承诺，现在您已经成婚了，需要我们去准备一些柯拉果作为谢礼吗？"

黑头莺不耐烦地说："我心里有数，不用你们提醒。"话是这么说，可黑头莺依然没有去找长嘴鸟的意思。

阅读点睛

一连四个疑问充分体现了此时长嘴鸟的不解和疑惑，最后一句心理描写也使我们感受到长嘴鸟对待朋友的真诚，与黑头莺形成了鲜明的对比。

就这样又过了一段时间，某天，长嘴鸟终于听到黑头莺成婚的消息，它对此感到非常奇怪：黑头莺已经成婚一个月了？那为什么不通知我，也不邀请我？我借给它的嘴怎么还不还给我？如果没有谢礼，连点柯拉果都不送给我吗？长嘴鸟怎么也想不明白，不过它还是给黑头莺找了借口，说服自己黑头莺是因为有事不方便才没有来见它。

长嘴鸟在家又等了三十多天，还是没有等来黑头莺。它实在坐不住了，准备亲自到黑头莺家看一看。可是它并不知道黑头莺婚后的新家住址，只能来到之前一起住的旧居，找原来的街坊们帮忙，希望它们能带它去黑头莺的新家。没想到原来的这些街坊跟长嘴鸟一样，也没有收到黑头莺的婚礼邀请函。

这些街坊对此非常不满，于是和长嘴鸟说："我们把它的新家住址给你，你去找它吧，我们已经和它绝交啦！"

街坊们告诉了长嘴鸟黑头莺新家的详细地址，包括城市、街区、巷子的名字。然后嘱咐道："听说黑头莺的新婚丈夫是那个城市的鸟王。你到了那个城市之后，只要稍加打听，就能找到它的家了。"

长嘴鸟听完之后就和街坊们辞行，朝黑头莺新家的方向飞去。不知道飞了多久，终于到了黑头莺所在的城市。它找了一个树枝稍作休息，发现脚下有一个大房子，里面人来人往。长嘴鸟便向他们打听起来：

兄弟们，姐妹们，
大家工作辛苦啦！
最终会有收获的！
请问鸟王家在哪？
它的王妃借我嘴，
我现在不能吃饭，
连说话都不方便。
希望能找到它家，
哪位朋友能帮忙？

里面的人一听，都热心地给它指路："可怜的长嘴鸟，你顺着这条路一直向前飞，很快就能到它家啦。"

于是，长嘴鸟又向前飞了一会儿，同样找了一个树枝停了下来。这回它停的地方是一户人家，低头一看发现许多男孩子正在舂米。长嘴鸟便向他们打听起来：

正在舂米的弟弟，
大家劳动辛苦啦！
最终会有收获的！
请问鸟王家在哪？

它的王妃借我嘴，
我现在不能吃饭，
连说话都不方便。
希望能找到它家，
哪位朋友能帮忙？

春米的男孩们给它指路："可怜的长嘴鸟，你朝着这个方向往前飞，它家就在不远处。"

然后，长嘴鸟按照男孩们指的方向又飞了一会儿，这回停在了一个房檐上。它四下望去，发现一些女孩子正在磨面。长嘴鸟便向她们打听起来：

正在磨面的妹妹，
大家劳动辛苦啦！
最终会有收获的！
请问鸟王家在哪？
它的王妃借我嘴，
我现在不能吃饭，
连说话都不方便。
希望能找到它家，
哪位朋友能帮忙？

磨面的女孩们一听，都站起来给它指路："可怜的长嘴鸟，你再向前飞一会儿，它家就在隔壁啦。"

长嘴鸟向隔壁的那户人家飞去，停在了院子中一棵大树的枝桠上。它发现厨房里许多用人正在准备饭菜。在餐厅中，女主人正坐在桌旁享用早点。这女主人正是黑头莺。长嘴鸟便向用人们打听起来：

正在做饭的姐姐，
大家工作辛苦啦！
最终会有收获的！

你家主人借我嘴，
我现在不能吃饭，
连说话都不方便。
希望它能还给我，
哪位朋友能帮忙？

忙碌的用人们听到呼唤，都停下了手中的工作，很快发现了站在枝头的长嘴鸟。其中一位用人对大家说："听，刚刚就是它在叫。"

长嘴鸟见大家注意到它了，又扯起嗓子喊了一遍：

正在做饭的姐姐，
大家工作辛苦啦！
最终会有收获的！
你家主人借我嘴，
我现在不能吃饭，
连说话都不方便。
希望它能还给我，
哪位朋友能帮忙？

用人见是长嘴鸟，连忙说："客人，请您千万不要客气，跟我们走吧。"

长嘴鸟于是开心地飞下枝头和用人道谢。用人们将它带到了女主人的卧室，示意道："我们只能帮您到这里了，女主人就在屋里。"

这时，黑头莺看到了长嘴鸟，它非常诧异："瞧瞧这是谁呀？这不是好久没见的长嘴鸟姐姐吗？真是蓬荜增辉呀！太巧了，我刚刚决定明天去找你呢。"

长嘴鸟皱着眉头说："真庆幸你还记得对我的承诺！"

黑头莺听到这句话就知道长嘴鸟已经生气了，它故作镇定道："那是当然的，君子一诺千金嘛。你放心，承诺给你的谢礼我早就想好了，我还打算送你一些这边的特色食物呢。这段时间我一直都想着你。"

长嘴鸟半信半疑地说:“那我先谢谢你了!”

两个曾经的好姐妹仿佛重归于好，一起落座谈心。过了一会儿,长嘴鸟说:“好了,时间不早了,快把我的嘴还给我吧,我要回去了。”

读书笔记

黑头莺连忙挽留:“我的好姐姐,着什么急呀。我们再聊一会儿,马上我丈夫就回来了,你还没见过它呢。”

长嘴鸟说:“今天来不及了,我要赶快回去了。我丈夫回家发现我不在,会担心我的。”

黑头莺说:“长嘴鸟姐姐,我知道,你还在为我这么长时间不去看你而生气。向天神保证,我真的不是故意的。”

阅读点睛

点出了文章的主旨,对待朋友要言行一致,否则就会失去珍贵的友谊。

长嘴鸟无奈地解释:“我没有生气。这段时间我已经想通了,真正的朋友不会做出说出了好听的话却根本没想着实现这样的事情。以后我也不会和这样的鸟儿做朋友。”长嘴鸟说着取下了属于黑头莺的黑色嘴巴。看到长嘴鸟一副不容拒绝的模样,黑头莺只能依依不舍地取下了借来的美丽长嘴，还给了长嘴鸟。

长嘴鸟取回了自己的长嘴,立刻就要飞走。黑头莺羞愧地低下头,取来许多当地的特色食物送给长嘴鸟。长嘴鸟说:“这些食物我不能带走,因为我不是为了它们来的。我已经要回了自己的嘴巴,这样就够了。”黑头莺说:“我的朋友,请务必收下这些食物,你不要有负担,这些是我真挚的赔礼。”长嘴鸟看它这次确实很真诚,终于没再拒绝。

长嘴鸟说:“没错,我之前确实很生气。你在我这里借走了嘴巴之后就再无消息，竟然连结婚也没有通知我,我当然认为你是在欺骗我！不过,看在我们曾经相处多年的情分上,这次我就原谅你了,希望你不要再做出这样的事情了。”说完,长嘴鸟就飞走了。

长嘴鸟走后,黑头莺在家里忐忑不安。因为此时的它已经没有了借来的美丽长嘴,重新恢复了以往丑陋的模样，可是它的丈夫并没有见过它这副面孔,这可如何是好？黑头莺灵机一动,想到了一个好主意:它将一根长而尖的棍子插到了嘴里,棍子的另一端一直伸到门外。黑头莺的丈夫回来后,发现了门外的棍子,奇怪地问:“亲爱的,我回来了,你知道外面的棍子是做什么的吗？”

阅读点睛

故事一波三折,黑头莺借来的美丽长嘴已经被长嘴鸟要回去了,此时的黑头莺不仅没有反思自己的过错,反而继续欺骗丈夫。

黑头莺说:“亲爱的,欢迎回来。这根棍子是我的嘴巴呀。”

丈夫说:“亲爱的,你今天怎么这么幽默,快移开这根棍子吧,不然我进不去呀。”

黑头莺说:“我没有开玩笑,这就是我的嘴巴。”

丈夫问:“你竟然是认真的？那今天你的嘴巴怎么变得这么长？”

早就知道真相的用人们此时笑作一团，黑头莺的秘密终于藏不下去了。用人们对男主人说:“其实这是一个公开的秘密,只有男主人您一个人不知道。女主人之前的嘴巴又黑又短,很不好看,所以借了长嘴鸟的嘴和您成婚。白天的时候长嘴鸟来了,要回了自己的嘴巴,女主人再也瞒不下去了,只得将这根长长尖尖的棍子绑在嘴上，免得把您吓到。”黑头莺听见门外的对话，不得不取下了可笑的棍子，第一次在丈夫面前露出了真面目。

黑头莺的丈夫看见它的模样，恼羞成怒地说：“你竟然借长嘴鸟的嘴来欺骗我？早知道你这么丑陋，我当初绝不会和你结婚！可恨我竟然真的被你骗到了！我要你立刻离开我的家！”说完就把黑头莺赶了出去。黑头莺迫不得已，展开翅膀离开了曾经充满柔情蜜意的婚房。它知道现在丈夫正在气头上，是不会轻易原谅它的。没有办法，黑头莺只得飞回了婚前的旧居。以前的街坊看到它，都对它避之唯恐不及，只有一些心软的老邻居看见它独自一人回来，问道：“发生什么事情了吗？”

黑头莺难过地回答：“白天的时候，长嘴鸟来我家要回了它自己的长嘴，我不知道怎么办，只能找来棍子绑在嘴上。后来我的丈夫回来了，它不相信那是我的嘴巴。我死不承认，可是一旁的用人们拆穿了我的谎言。我的丈夫看到我的真实容貌，生气地将我赶出了家门。我没有别的地方可去，只能回到这里。”

邻居们告诫它：“你现在如此落魄，全都是自己酿成的苦果。大家的外表确实有美有丑，但这并不是得到爱情最重要的因素。外貌丑陋的，如果它修养好、性格好、品格好，一样能收获爱情。你只在乎自己的外表，通过弄虚作假来骗取婚姻，现在就要承担被发现的后果。当初长嘴鸟和你情同姐妹，你却只想利用它，连婚礼都没有邀请它，后来用人们提醒你，你也不以为意。你对待朋友这样不真诚，难免会落到如今的下场。希望你能够好好反思自己，以后成为一只好黑头莺。”

黑头莺听后非常羞愧，终日郁郁寡欢，身体越来越差。没过多久，邻居们发现它死在了外面的树上。邻居们将这个消息通知了黑头莺的丈夫。它的丈夫回忆起以往的快乐时光，再加上听说黑头莺也真心悔过了，于是为它举办了盛大的葬礼。这就是黑头莺最后的结局。

品读赏析

本故事中黑头莺和长嘴鸟这两个曾经的好朋友最终的结局却相差甚远。长嘴鸟美丽、聪慧又不失真诚，收获了宝贵的爱情；而黑头莺呢，过于在意自己外表的缺陷，贪图虚荣又不守诺言，最终落得凄惨的下场。其实黑头莺的悲剧归根结底还是没有树立一个正确的“三观”。爱美之心，人皆有之。但是要想获得幸福，外貌并不是决定因素，自身的修养、品德和自信才是通往幸福的坦途。

拓展延伸

中国援非的基建项目

自新中国成立以来，中国政府一直坚持对非洲提供援助。几十年来，中国援建的基础设施包括全长1860千米，东起坦桑尼亚的达累斯萨拉姆，西到赞比亚中部的卡皮里姆波希的坦赞铁路、埃塞俄比亚首都亚的斯亚贝巴的最高建筑非洲联盟会议中心、苏丹北部的麦洛维大坝、埃塞俄比亚首条高速公路——亚的斯亚贝巴－阿达玛高速公路以及马里首都巴马科的集医疗、科教、急救、保健于一体的国家级医院——马里医院。这些设施极大地提高了非洲当地居民的生活水平。

驴和牛

读书笔记

很久很久以前，在非洲大地上有一个家财万贯的富翁，他叫萨利。萨利有一个习惯，每到夜色降临，他就会虔诚地向神明许下心愿，希望有朝一日能熟练掌握动物语言。萨利格外关注这方面的消息，如果打听到哪里有能和动物交流的人，他哪怕面对千难万险，也要亲自来到那个人的面前确认真假，不放过一丝希望。

阅读点睛

神明满足了萨利听懂动物语言的愿望，为后面故事的开展做了铺垫。

萨利就这样年复一年地坚持着，尽管经历了无数次的希望破灭，也从不放弃。直到有一天，天上的神明终于被他的执着所感动，决定赐予萨利听懂动物语言的能力。次日一大早，萨利突然发现多年的心愿达成了。他听到了外面公鸡和母鸡的对话：

公鸡晨起打鸣，母鸡对它恭维道："您的鸣叫又清越又高亢，我保证，大家都已经被您唤醒了。"公鸡得意一笑："我还没有发挥出真正的水平哩。这几天嗓子不太舒服，等我好的那天，我要让全国的人们都能听到我的声音。"

萨利越听越兴奋，他的愿望成真了，这回不是做梦，是真的听懂动物的语言了。他在床上手舞足蹈，开心得差点掉到地板上。萨利连忙起身穿衣戴帽，洗漱完毕，恭恭敬敬地感谢神明。然后，萨利又慌慌张张地跑去和妻子儿女分享这一好消息，一家人围在一起兴高采烈，一致认为这是要交好运的预兆。

某天晌午，烈日高悬，吃完午饭的萨利回到屋里休息。天气实在太热了，他辗转反侧，越躺越心浮气躁。萨利翻身起床，带着凉席来到了庭院的大树下纳凉。离萨利不远的地方，是一个不大的牲畜棚，里面并排关着一头耕牛和一头驴子。萨利边闭目养神，边有一搭没一搭地听驴和牛之间的谈话。

只听牛先"哞哞"地说道："我的朋友，你真的是一头幸运的驴子。你看，主人们总是对你关怀备至，不仅喂你最新鲜的青草，还没事就给你洗澡解乏。和你一比，我纯粹是用来使唤和奴役的。他们每天天不亮就让我到田里耕地，披星戴月的时候才准许回来。用人有什么不开心，或者我稍微休息一下的时候，就会有鞭子狠狠地抽打在我的身上。不信你看这里，我的脖子都被耕犁磨出厚厚的茧子了。即使我这么辛苦地工作，也连一顿丰盛的美食都不配享受。想想我都觉得心酸，除了我，世界上再没有第二个这样的蠢货了。"

驴听完牛的牢骚，说："我知道了，就是因为你太听话了，所以他们才欺负你这头老实的牛。假设当初他们要你耕地的时候，你先震慑他们，用你的牛角攻

读书笔记

阅读点睛

通过牛的语言表现它对现状的不满，"披星戴月的时候才准许回来""磨出厚厚的茧子"等细节描写让人充分感受到牛的辛苦。

击他们，用你的身体冲撞他们，他们肯定会被你制服，再也不敢欺负你了。你的身躯这么壮硕，怎么不好好利用一番呢？凡事要多动动脑筋。还有，你刚才说辛苦工作一天之后还没有好吃的食物，下次再碰到这种情况不要忍耐，拿出你的牛脾气来，几次绝食之后他们就知道不能这样对你了。如果你觉得我说得有道理，从明天开始就改变自己，等你过上幸福生活的时候，不要忘记我这个老朋友。”

牛听得连连点头，仿佛醍醐灌顶一般，下定决心向驴学习。一旁的萨利将一切都听在耳里，记在心里。过了一天，萨利家的用人如往常一般驱赶耕牛去地里劳作，等到傍晚才回到牲畜棚。

牛先是休息了一会儿，看到用人过来准备带它继续劳作，顿时怒火中烧，用尽全身力气冲向用人，将用人吓得连连后退，跑了出去。没过多久，用人战战兢兢地送来了牛的晚餐——一盆没有营养又不好吃的糠，牛只是瞥了一瞥，并不上前吃饭。用人非常疑惑：“牛怎么突然这么奇怪？难道口渴吗？”然后，用人给牛端来一桶水，当然，牛还是视而不见。

第二天，用人又来到牲畜棚，发现牛正瘫软在地，仰面哀嚎；昨晚的糠饲料原封不动地摆在原地，水也如此。

用人恍然大悟，喃喃自语：“噢，怪不得牛如此反常，原来是生病了。看起来牛已经难受得动不了了，今天就休息一天吧。”用人转身去了萨利的房间，将看到的情况转述给主人。

萨利一听就明白了，牛并没有生病，而是听了驴的建议在反抗呢。萨利指示用人："牛不舒服就不要让它耕地了，换驴去做吧。把牛用的犁也套到驴的身上。如果驴不听话，就用力地鞭打它，给它点厉害瞧瞧。"

用人听话地返回牲畜棚，将驴赶到了地里耕地。每当驴想偷懒休息的时候，就会有鞭子狠狠地抽打在身上，它只得一刻不停地劳动。驴从没有感觉到时间过得如此漫长，一直到了晚上，才被允许回到棚里。白天实在太累了，驴现在什么都不想干，只想躺下好好休息。

这时，萨利从屋里走了出来，他看了看驴，发现它再也不复往日的悠然自得。用人向他报告了今天的工作情况，萨利边听边笑，心想：你们的情况已经反过来了，我看你这回怎么对待牛。

过了好久，驴终于缓了过来，它喘息着对牛说："我的朋友，又快到晚饭时间了，你今天准备吃饭吗？"

"当然不！我一定不会吃的！我已经尝到甜头了！"牛开心地说，"驴兄，你真是太聪明了，我听了你的建议，今天就过上了好日子！我从没有像今天这样潇洒自在过，炎热的时候还可以在树下乘凉，真是太幸福了！"

驴鄙视地瞧了瞧牛："你怎么这么容易满足？你今天倒是享福了，你有想过受苦受累的我吗？还有，你别以为从此以后都是太平日子了。我刚刚听主人

阅读点睛

萨利没有惩罚装病的牛，而是让出主意的驴代替它去耕地，想要给它一个教训，这里是整个故事的转折。

读书笔记

读书笔记

说，如果你一会儿和昨天一样不吃不喝，那就是生病了，主人可不养没用的病牛，他会请屠夫过来把你宰了卖肉的。我们做邻居这么久了，你又很听我的话，那我们就不是一般的兄弟了。如果我不把这个消息通知你，我就是对不起兄弟的叛徒，而叛徒是要遭到报应的。现在，我发自肺腑地建议你，如果你不想丢掉小命，就好好吃饭，务必让主人觉得你是活泼健康的。如果你还耍小聪明，那么过了明天我就再也见不到你了。"

牛嘴角的笑容早已不见了。它呆立在一旁，像是被这突如其来的消息吓傻了，半晌才醒过神来。牛非常感激驴告知它这一消息，并决定听从驴的新建议。

阅读点睛

通过对牛的动作描写和细节描写，使一个单纯的、急欲展示自己健康的牛的形象出现在我们眼前。

萨利一直在暗中观察，他看到用人再将和昨天一样的食物端过去时，牛积极地跑到晚餐面前，狼吞虎咽地吃光了食物，甚至来不及喝口水。

看到前因后果的萨利开始反省自己："人类的行为和意图，动物们都看在眼里，记在心里，只是由于语言不通，不能和人类好好交流。那么通过计谋驱使它们，就比通过蛮力压榨要来得巧妙，也会产生事半功倍的效果。因为人类和动物在思想上没什么区别，要和它们换位思考，尽量避免使用暴力。所以，我们完全可以用平等的态度对待它们。"用人轻声答应了。

品读赏析

故事中的萨利因为能够听懂动物的语言，所以明白了要对动物温柔以待。我们尽管和动物语言不通，但从小就知道动物是人类的好朋友。动物和我们都是有生命的，它们给我们带来了无数欢乐，也给我们提供了很多帮助。我们应该和它们和睦相处，不要互相伤害。

拓展延伸

非洲的农业

《驴和牛》的故事发生在很久以前的非洲。非洲的全称是阿非利加洲，这个来自拉丁文的命名，原意是“阳光灼热”。这里的土壤是热带土壤，风化严重，因此虽然非洲文明起源较早，但是农业一直没有过渡到深耕，而且受自然条件限制不得不采用休耕形式，这就大大限制了农业的发展。中非之间关系友好，面对非洲农业发展困难的现状，中国积极伸出援助之手，派出农业专家前往非洲，使非洲的农业发展水平上了一个台阶。

人物特写

姓名:驴

特点1:聪慧

驴的头脑非常精明、聪慧,在听到邻居牛的困扰之后,利用自己的聪明才智帮它想出了好办法。

特点2:讲义气

知道牛一直任劳任怨地劳作,得到的却与付出的成反比之后,主动站出来帮它出主意。尽管有些自己的小心思,但是瑕不掩瑜,还是非常讲义气的。

姓名:牛

特点1:憨厚

牛的性格非常憨厚,有时甚至到了笨拙的地步。对待工作埋头苦干,对驴的话从不怀疑,和驴是一对非常互补的邻居兼朋友。

特点2:有小心思

尽管牛很憨厚,但是不妨碍它有自己的小心思,包括对现实的不满和对偷懒休息的享受,这使得它的形象更加丰富、真实。

猫和老鼠

从前有一个村庄，村庄的附近长了一棵不知道年纪的猴面包树。这棵树的树干内部早就被蚂蚁和虫子啃食一空，尽管树干已经被掏空，但是猴面包树的树枝上仍然结满了累累的果实，养活了村庄里的农民和树干里面住着的一只猫。猴面包树的果实鲜美多汁，生活在树干里的猫非常喜欢，每到夜里就悄悄地爬上树枝偷果子吃。可是它偷吃也就算了，还一边吃一边扔，非常浪费。每次农民来收果子，发现猴面包树附近满目疮痍时都感到很痛心。为了抓捣乱的猫，农民在树下设置了陷阱。没想到，陷阱很快就起了作用。那是不久之后的一个早晨，猫不经意间发现了居住在树下的老鼠。它两眼放光地扑向老鼠，想要大开杀戒，却没想到自己先落入了陷阱。农民布下的网将这只猫网住了，任它如何挣扎，也不能挣脱。

逃过一劫的老鼠看到了这一幕，高兴地跳起舞来。它将脑袋探出洞口，看着刚才威风凛凛的猫此时已被困住，长舒了一口气，放下心来。突然，老鼠发现

读书笔记

阅读点睛

“探”、“看”、“舒”等动词，将一个小心翼翼的老鼠的形象刻画得活灵活现，生动可爱。

不远处有一条虎视眈眈的蛇，天空中还有一只准备偷袭的鹰，老鼠急得团团转。善良的天性使得老鼠此时已经不顾自己的安危，打算营救这只曾经想要吃掉自己的猫。它急得抓耳挠腮，突然想到另一种可能：我想要救出这只可怜的猫，可是万一猫忘恩负义，反过来将我吃掉怎么办？老鼠决定只有得到猫获救后不会伤害它的承诺，才能帮忙咬断束缚猫的网。

老鼠觉得这个方法万无一失，钻出洞口和猫商量起来。猫听了老鼠的顾虑，摆出一副真诚的面孔说：“天哪，我的朋友，你千万不要这样想我。如果你能救我，那我感谢你还来不及呢，怎么舍得伤害你呢？你放心吧，只要你帮我咬断网绳，我们就是打不断的亲兄弟。”

阅读点睛

猫为了脱困而许下承诺，为后文两人住在一起埋下伏笔。

老鼠还是不太放心，说道：“话是这么说，但是我们毕竟是天敌，你的前科实在是太多了，我需要考验你一下。一会儿我会爬到你身边，看你的反应如何。我必须提醒你，现在情况已经非常紧急，如果你还想吃掉我，那么你也不会有好下场。”

猫郑重地说：“快来考验我吧，我会用实际行动证明自己。”

听到猫这么说，老鼠凭借自己敏捷的身手在猫身边转了几圈，猫果然如它承诺的那样，纹丝不动。可是此时，威胁猫性命的蛇和鹰都已经来到了它们面前，大战一触即发。

读书笔记

值此危急关头，猫连忙催促老鼠：“老鼠兄弟，快帮我咬断网绳吧，我一定会记住你的恩情的。”

老鼠回答道:“别着急,我马上就咬断了。”老鼠边说边开始咬网绳,看似很卖力,如果有人能细心观察一下,就会发现其实老鼠只是在做表面功夫。老鼠是很善良,但是也很胆小,尽管猫一再发誓,它还是不太放心,于是要了一个小心眼:我不马上把网绳咬断,以防猫提前摆脱困境反悔。我一点一点地磨断,拖到农民出现,再一口咬破网绳,这样猫也没有时间反咬一口了。

猫被困在网绳里,眼睁睁地看着老鼠慢腾腾地咬网绳,非常着急地说:“我的朋友,求求你速度快一点吧,我的性命都掌握在你的手中。太阳快出来了,农民一会儿就来了,如果我再逃不出去真的会没命的。”

老鼠说:“猫兄弟,你要知道,你陷入困境之后,是我主动来帮助你的。我相信,再没有哪只老鼠会跑来救一只猫了。”

正说着,一个手拿砍刀的农民正朝这边走来。猫心慌地催促道:“快点快点,老鼠兄弟,农民真来了!别再开玩笑了,农民真来了!”

老鼠此时也急了起来,用力地啃咬网绳,终于在农民挥刀之前咬破了网绳,让猫逃了出去。看到猫的身影消失在稻田里,老鼠也一溜烟钻回了自己的洞穴,外面的蛇和鹰知道错失了良机,于是垂头丧气地离开了。

农民看到被老鼠咬烂的网绳,自言自语道:“可惜,太可惜了,竟然被老鼠咬烂了。我再想一想,下次不用网绳了。”农民摇了摇头,拿起破网绳走了。

第二天,逃过一劫的猫来找它的救命恩“鼠”,站在它家的门口高声呼唤:“老鼠兄弟!老鼠兄弟!我来啦!我在外面等你,你快出来呀!”

躲在洞中的老鼠听到了猫的呼唤,笑着回答道:“你还叫我老鼠兄弟?你怎么叫得出口?你死心吧,我是不会出去的。我们的友谊只存在于昨天,因为那时候你正处于危险之中。但是今天,我们就桥归桥,路归路吧。我们毕竟是天敌,昨天那种和平的局面是因为你陷入了困局,而现在你已经脱困了,我是不可能出去自投罗网的。”洞外的猫听完老鼠的话,并没有因此退缩，反而愈挫愈勇，对老鼠说起好话：“老鼠兄弟，请不要说这样伤感情的话，快出来吧，我在外面等你。我是来报恩的，从今以后我会保护你的，快出来吧。”

老鼠终于被猫的甜言蜜语所蛊惑，它心想：猫说得这样诚恳，应该不会恩将仇报，于是慢慢钻出了地洞。老鼠先是试探性地在猫身边跑来跑去，猫并没有趁机对它下手。老鼠终于放下了戒备，对猫说：“猫兄弟，你果然没有骗我。我再没有见过比你更懂得知恩图报的猫了。”

猫笑了笑，对老鼠说道：“我在家储存了许多食物，可以和你一起分享。”老鼠说：“我也在地洞里藏了许多美食，有松饼、芝士、稻米、苹果和各种各样的肉。等到天冷的时候，就不用出门，直接吃这些好吃的。”猫问：“你从哪里搞到这么多美食的？”老鼠说：“这都靠我们的聪明才智啊。我们发现农民在稻田里种田时，他们的老婆会在中午送餐。我们就会趁送餐和用餐之间的空隙偷偷地饱餐一顿，顺便还可以带走一些。这样经年累月地搬运食物，家里的食物自然会变得丰富了。我们现在储藏的食物，足够我们不用工作享用很久啦。”

猫听完老鼠的话，提议双方各拿出一些食物共享。猫和老鼠都回家搬运食物了，它们准备把这些美食都堆积到一个安全的地方。选了又选，最后还是猫做出了决定：“我们就把这些食物堆积到寺庙门后吧，我相信再没有比寺庙的门后更安全的地方了。”就这样，猫和老鼠带着这些食物来到了寺庙的大门后，将它们在一个角落里藏好。然后，猫和老鼠回了家，每天吃吃喝喝，就这样幸福融洽地生活在了一起。

> 阅读点睛
>
> 在食物充足的情况下猫和鼠生活得很融洽。

没过多久，猫的余粮就被它们吃光了。此时已经快到寒冬腊月，外出寻找食物非常困难。这时，猫想起了之前藏好的那些食物。它实在太饿了，于是对老鼠说："我的朋友，今天我要进城一趟，因为我的远方表姐生了幼崽，邀请我前去参加百日宴。我不在的时候，你要看好我们的家，不要将家里弄得乱七八糟的。"

老鼠说："这是一件天大的喜事，你赶快出发吧。当然，如果你能在享受美食之余给我带回一些，我一定会感谢你的。"

猫说："没问题，我一定会记得这件事的。"然后，猫转身出门了。可是，猫并没有如话里所说的那样，进城参加什么百日宴，而是一路跑到了寺庙门后——它和老鼠储存食物的秘密基地，去偷吃东西了。狡猾的猫对它的朋友说了谎话，它根本没有所谓的远方表姐，只是找借口出来偷东西吃罢了。猫饱餐了一顿，决定好好休息一下。等猫休息完，已经是晚上了，于是它匆匆忙忙地跑回了家。

> 阅读点睛
>
> 猫毫无负担地吃了两人共同藏起来过冬的食物，表明了猫自私的本性，也说明它根本没有将两人之间的友谊放在心上。

还被蒙在鼓里的老鼠将猫迎入家门，心里盘算猫帮它打包的美食，热情地问："你看到你表姐生的幼崽了吗？是什么性别的？"

猫漫不经心道："看到了，雄性的。"

老鼠又问："它叫什么？"

猫回答："以后的日子不知如何是好。"

老鼠不可思议地问:"'以后的日子不知如何是好'?这只幼崽的名字叫'以后的日子不知如何是好'?这也太奇怪了吧。"

猫不耐烦地说:"哪里奇怪了?不然叫'贼子'吗?"

老鼠不知道猫为什么突然生气,不敢再说话了。就这样又过了一段时间,猫说又有一个远方表姐生了幼崽,它要前去贺喜。

老鼠说:"那就早点出门吧,我的朋友。如果方便的话,这次千万记住给我带回点美食回来,不要再忘记了。"

猫说:"不知道表姐家里有什么,我争取给你带些好吃的肉干。"等猫出了门,它又熟门熟路地跑到寺庙门口,吃起了和老鼠一起储存的准备过冬的美食,然后美美地睡了一天。等天黑之后,才返程回去。

老鼠看到猫回来了,问道:"你表姐家有什么好吃的吗?给我带回什么了?"

猫置若罔闻。老鼠又问:"今天看到的幼崽叫什么呢?"

猫说:"最近两天吃得有点多。"

老鼠瞪大双眼:"'最近两天吃得有点多'?你家起名字的风格真是太匪夷所思了。"

猫不再说话。又过了一段时间,猫照旧找了出门赴约的借口,将之前和老鼠一起储存的食物都吃光了,随后故作镇定地回了家。

老鼠又问:"今天的幼崽叫什么呢?"

猫说:"什么都没了。"

老鼠非常奇怪,但不想惹怒朋友,于是并不多言。那天之后,猫再没有去过什么幼崽百日宴了。

冬季很快降临,气温已经到了零下。老鼠和猫商量:"我们去把之前储存的食物搬回来吧。"

于是,猫和老鼠走出家门,向寺庙的方向行进。在途中,猫一直对老鼠隐晦地传达诸如"不要怪我""我不是有意的"之类的想法。

等它们到达寺庙门后,老鼠发现之前储存的食物全都不翼而飞了。老鼠联系之前猫奇怪的行动和话语，终于反应过来："你！一定都是你做的！你之前说什么去参加幼崽百日宴，都是在说谎！怪不得那几次问你幼崽的名字，你先是说'以后的日子不知如何是好'，后来说'最近两天吃得有点多'，最后一次还说……"

没等老鼠控诉完，猫就恼羞成怒了："不要再说了！你不要再说了，不然别怪我对你不客气！"

老鼠看到猫此时丑恶的嘴脸，后悔轻易相信了猫的花言巧语。

"……什么都没了！"

老鼠刚说完，猫就凶狠地张开了血盆大口，一口吞下了这个曾经的恩人。

品读赏析

我们在生活中一定要学会分清善恶，不要将我们的善意洒向恶人，因为江山易改，本性难移。即使我们对恶人仁至义尽，他们的邪恶本性也是不会改变的。不要像本故事中的老鼠一样，对自己的天敌——猫伸出援手，最后养虎遗患，落得自伤其身的下场。

拓展延伸

猴面包树

本故事发生的主要地点是在某个村庄的猴面包树下，我们似乎都没有见过这个有着可爱名字的大树。其实猴面包树是一种主要生长在非洲及其周边地带的常绿乔木，一般高10多米。树干粗壮，枝叶茂盛，叶大而美，一叶三色。在它的枝条上、树干上直到根部，都能结果，是猴子、猩猩、大象等动物最喜欢的美食。当它果实成熟时，猴子就成群结队而来，爬上树去摘果子吃，所以它就有了"猴面包树"的称呼。

顶着糖盆的人

在一个偏僻的小乡村，有一个卖麦芽糖的人。他的麦芽糖都是自己做的，所以为了能赶上清晨的集市，他常常要熬夜制作。一天早上，天刚蒙蒙亮，他就带着一盆凝固着的麦芽糖出门了。不一会儿，他就走到了集市上，天色还早，只有少许商贩来到集市上，前来赶集的人还寥寥无几。卖糖人见这情形，决定先买点吃的东西，垫垫肚子。他看到不远处有卖早点的小摊，就买回了一些早点，美美地吃了起来。卖糖人吃饱了，坐在一个偏僻的角落里，随手摘下了自己的帽子，开始给麦芽糖扇风。他希望麦芽糖快点化开。一会儿太阳升起来了，麦芽糖就会化得更快了，到时候他就可以去集市上卖麦芽糖了。

卖糖人坐在糖盆旁扇着扇着，有些困倦了。卖糖人努力让自己打起精神，可是他实在太困了，眼睛根本不听他的话。卖糖人心想：既然天色还早，不如睡一会儿好了，反正要等到太阳升起来时把麦芽糖晒化了才能去卖。于是，他把头枕在又干又硬的麦芽糖上睡起觉来。

不一会儿，卖糖人就睡着了。当太阳升起的时候，他还在睡梦中呢。

集市上热闹起来，熙熙攘攘的人群中夹杂着小商贩的叫卖声。可是卖糖人躺在一个偏僻的地方，他根本没有听到集市上的吵闹声，更没有人发现他。此时太阳已经把盆里的麦芽糖晒化了，他的头已经浸泡在糖水里了。

卖糖人睡得太香了，已经到了下午，卖糖人还在做梦呢。他完全没有醒过。天气渐渐转凉了，麦芽糖又开始凝固起来。这时，卖糖人听见市场上传来了一阵响亮的叫卖声。他睁开眼睛，抻了个懒腰，准备起身去集市。可是，他的头怎么也抬不起来，好像有什么东西拉住了他。原来，他的头凝固在麦芽糖里了。卖糖人急得大喊大叫，终于，有人听到了他的呼喊声。

一些人顺着呼喊声走了过来，他们看见卖糖人这副模样，觉得他太可怜了，不过又觉得有些可笑。人们过来想帮他取下糖盆。一个人抱住他的腿，另一个人抱着糖盆。可是，两个人刚一用力，卖糖人就大声哭喊起来："疼死我啦！疼死我啦！快停下，快把我放下！"

一些不懂事的孩子还在哈哈大笑："这里有一个顶着糖盆的人！"

大家都在为卖糖人想办法，可是谁也没有一个好主意。这时，走过来一个人，对大家说："我有一个办法能够救他，那就是用火把麦芽糖烤化了，他的头就可以从糖盆里出来了。"人们听了之后，纷纷点头，有人找来了一些柴火，在卖糖人身边点燃。卖糖人看着燃烧的大火，吓得腿都软了，他拼命地喊道："快把

读书笔记

阅读点睛

此处，过路人为卖糖人出主意，帮助卖糖人烤化麦芽糖的过程，让我们看到了普通百姓身上善良、淳朴的特点。

火扑灭！我会被烧死的！”任凭卖糖人怎样呼喊，人们也不去理会，只是用火慢慢烤着糖盆。果然，麦芽糖渐渐化开了，他的头终于离开了糖盆。

品读赏析

帮助他人不仅是中华民族的传统美德，更是世界公认的美德。主人公卖糖人的头凝固在了麦芽糖里，他不知所措，急得发了慌。多亏好心的过路人想出了好办法，一群素不相识的人热心地帮助他。我们看到了一群善良又可爱的人。虽然卖糖人开始看到大火时很害怕，但当他看到麦芽糖渐渐化开的时候，相信他也理解了过路人的好心。我们都应该懂得，在他人需要帮助的时候，伸出援助之手。

拓展延伸

非洲人的饮食习俗

在非洲，很多地方的人在吃饭时，既不用桌椅，也不用刀叉，而是直接用手抓饭。外来的人也许会无从下手，甚至在抓饭时将饭掉得到处都是。但是非洲人用手抓起饭来非常娴熟，而且用右手抓饭是他们的习俗。另外，如果我们有机会到非洲朋友家做客，抓饭时千万不能把饭掉在地上，否则，主人会认为你很不礼貌。

一直追赶下去

炎热的午后，一个农民在田里干活，太阳晒得他汗流浃背。于是他脱下外套，随手放在地头上，继续干活了。这时，一个过路人向他打了个招呼，和他聊起天来。

热心的农民也向他打了个招呼。他觉得这个人很亲切，见他也热得满头大汗，就把自己从家里带来的水拿出来，让他喝点水解解渴，还把自己准备的食物分给他吃。

这个过路人端起水壶就大口大口地喝起来，喝足了，又毫不客气地吃了起来。他一边吃一边向农民吹起牛来："我去过的地方可多了呢，还认识很多朋友。你以后有什么事需要帮忙，尽管来找我！"

农民觉得自己认识了一个好朋友。不过，过路人吃饱喝足就要离开了，农民只好跟他告别了，随后低头开始收拾水壶和装饭的篮子。

没想到，过路人趁着农民不注意，拿起农民放在地头上的外衣就跑了。

农民抬起头，才发现他刚刚交的朋友竟然偷走了自己的衣服。原来他是一个小偷。农民顿时感到自己受到了欺骗，他难过极了。但是他想：或许他只是一时糊涂呢。于是他赶紧追着小偷大声呼喊："把衣服还给我吧，我们不是朋友吗？"小偷根本不理会他，头也不回地跑远了。

小偷跑得太快了，农民根本追不上他。农民心情很低落，他坐在地上，回想刚才发生的一切，感觉像是做了一场梦。他生气地收拾工具回家了，一边走一边喃喃道："这个小偷太坏了。以后一定要认清人，不能再轻易相信别人了。"

跑了很久之后，小偷回头看了看，他已经看不到农民的身影了，就放下心来慢慢向前走。这时，他看见前方的田地里有人在挖红薯，那个人的衣服就挂在路旁边的一棵小树上。他朝左右看了看，心想：我的好机会又来了。

小偷走到那个正在挖红薯的人跟前，热情地向他打了个招呼，说："亲爱的朋友，你把衣服放在离你这么远的地方，要是有人趁你不注意拿走了怎么办？"

那个挖红薯的人客气地说："谢谢你的好意，我知道了。"

没想到这时小偷说了句："看来我要用行动来提醒你了，这样你就不会忘了我的话。"话音未落，小偷已经拿起衣服跑了。

挖红薯的人抬起头，大喊道："等一下，我有话要说。"

小偷想听听挖红薯的人会说什么，于是远远地站在那里。

此时有一个小男孩儿从这里经过，挖红薯的人把他叫过来交代道："你去趟我的家里，告诉我的家人，如果我的小孩出生了，是男孩的话就给他起个象征勇敢的名字，是女孩的话，就等她出嫁的时候再取名字。代我转告他们，我要一直追赶下去，直到抓住这个小偷，我再回家！"

小男孩儿听了，往他家的方向走去。

小偷见这情形，心想：这个人为了一件衣服，竟然连家都顾不上了，真是一个穷鬼。

于是，他把衣服扔了回去，带着轻蔑的语气说："还给你，谁稀罕你这不值钱的破衣服！"

挖红薯的人冷笑道："真是一个可怜的人，偷不值钱东西的穷鬼！"

品读赏析

故事中的小偷是一个欺软怕硬的人，他用虚情假意获得了农民的善意，偷走了农民的外套。当他想要对挖红薯的人故技重施时，因为听到失主决心一直追赶下去就放弃了原本的打算。这篇文章告诉我们，在保证自身安全的前提下，对待一些恶行有时需要反抗到底，忍让并不是最好的处理方式。

拓展延伸

中国在非洲的维和部队

中国维和部队，是联合国维持和平部队的一个分支机构。截至 2013 年 11 月，中国共有 10 支维和部队，共 1546 人在非洲的 4 个联合国任务区执行维和任务。截至 2018 年 12 月，中国累计派出维和官兵约 3.7 万人次，主要以医疗、工兵等为主。20 年来，中国派出的维和部队在非洲基础设施的修建以及医疗、军事方面做出了极大的贡献。

2015 年 4 月 8 日，中国第 10 批赴苏丹达尔富尔维和部队 225 名官兵被"联合国和非洲联盟驻达尔富尔联合特派团"授予联合国和平荣誉勋章。

爱吹牛的丈夫

读书笔记

巴娃和哈里玛是一对年轻的夫妇，丈夫巴娃十分体贴妻子，妻子哈里玛也十分关心丈夫。

巴娃是个头脑聪明心地善良的人。他不仅会种地，还是一个好猎手，就连经商也不在话下，可以说是非常能干了。而哈里玛呢，她长得漂亮，做得一手好菜，织出来的毛衣在集市上大受欢迎。没有人不夸赞这一对夫妻，他们看上去简直是天生一对。

可是，巴娃有一个坏毛病，就是爱吹牛。

阅读点睛

此处的语言描写刻画了一个爱吹牛的男主人公形象，也与下文巴娃真正遇到歹徒时的表现形成鲜明的对比。

巴娃常常跟妻子哈里玛吹嘘自己是一个多么勇敢的人，他说："如果歹徒遇到我，他光是看到我，就会被吓跑了。"

巴娃的身体的确很强壮，但是哈里玛从来没有见过他勇敢的一面。哈里玛不喜欢巴娃吹牛，她说："我知道你很聪明，也很强壮，但是你真的勇敢吗？不要总是吹牛。"

巴娃说："放心吧，我会让你看到我勇敢的一面的。"

有一天,哈里玛的妈妈来看望他们,哈里玛无奈地对妈妈说:“妈妈,巴娃总是对我说他是一个多么勇敢的人。您说,他的话可信吗?”

妈妈笑了笑说:“总会有机会证明的。”

过了几天,妈妈要回家了。哈里玛说:“妈妈,我织了一些毛衣,正打算拿到集市上去卖,我们可以一起走。可是万一路上遇到抢劫的怎么办?要不,让巴娃送送我们吧,这样就有人保护我们了。”

妈妈想了想说:“好啊,这不正是考验巴娃是否勇敢的好机会吗?”

于是,她们经过一番商量,便悄悄找来一个强壮的人,告诉他该怎么办。

哈里玛的妈妈对巴娃说:“明天我就要回家了,正好,哈里玛要去集市上卖毛衣。但是,我听说,这条路上最近经常有强盗出没,所以,你送我们去吧!”

巴娃自信地说:“放心吧,有我保护你们,强盗一定不敢来的。”

说完,巴娃就翻出了护身的短刀、矛和斧子,把它们磨得更锋利些,还找到了弓和箭。他想:有了这些东西,还怕保护不了她们母女俩吗?

第二天一大早,三个人就带上东西出发了。巴娃把短刀挂在腰间,手里拿着矛和斧子,背上还背着弓箭,看起来还真像一个勇猛的武士呢。哈里玛和妈妈有说有笑地走在前面,而巴娃就跟在她们身后,保护着她们。

他们走着走着,来到一条有些偏僻的小路,突

读书笔记

阅读点睛

出门前,巴娃就准备好了一切可以对付强盗的工具。他看起来自信满满,努力为自己树立一个勇敢的形象。

读书笔记

然，一个强壮的男人从路旁的草丛里跳出来，站在他们的面前，大喊道："站住！"

这个男人用手里的铁棒指着他们，巴娃吓得不知所措，一下子瘫倒在地上。哈里玛装出一副十分害怕的样子说："巴娃，你快站起来啊，你要保护我！"

男人问哈里玛："你叫什么名字？"

哈里玛装作战战兢兢的样子回答道："我叫哈里玛。"

男人说："不用怕，我从来都不会伤害叫哈里玛的人。"他又问哈里玛的妈妈叫什么名字。

哈里玛的妈妈告诉他："真幸运，我也叫哈里玛。"

于是，男人对她们说："你们走吧，我不会伤害你们的。"

这时，男人举起手中的铁棒朝巴娃打了过去，巴娃出门时带在身上的短刀、矛、斧子、弓箭全都被打落在地。男人的眼里冒着凶光，对巴娃大喊道："那你叫什么名字？"

巴娃吓得用颤抖的声音说："我也叫哈里玛。"

三个人听了，哈哈大笑起来。巴娃这才明白，原来他们是在考验自己。巴娃羞愧地低下了头。

从此以后，巴娃改掉了爱吹牛的坏毛病。

阅读点睛

此处的动作描写和语言描写表现了巴娃胆小的性格特点，证明了他之前一直在跟妻子吹牛，并不是一个真正勇敢的男子汉。

品读赏析

吹牛是一个坏毛病，故事的主人公巴娃就有这样的毛病，他常常吹嘘自己是个勇敢的男子汉。为了证明这一点，妻子和妈妈给他设计了一次考验。遗憾的是，巴娃并不像他吹嘘的那样勇敢。我们每个人都不是十全十美的，都有这样或那样的一些小缺点，比如马虎，比如爱吹牛等。只要我们能够看到自身的坏毛病，改掉这些坏毛病，我们就会变得越来越优秀。

拓展延伸

集市

史前时期，人们就聚集起来进行商品交易，这就是最早的集市。集市一般在城镇的边缘，那里交通比较方便，又接近乡村，更加方便人们来到集市上交易。非洲也有集市，而且每逢集市都非常热闹。集市上的卖家通常是妇女，她们在街边摆上食物、衣物和日常用品等，等待客人前来购买。和中国的集市不同，据说非洲的集市上经常会买卖蜗牛，因为在非洲人的眼里蜗牛是一种极品美味。

愚夫与愚妇

有一个男人他总是笨笨的，周围的邻居都瞧不起他，说他是“萨赫罗”，就是朽木不可雕的意思。萨赫罗既不懂耕种，也不会打猎。每天靠家里的一只母羊维持生计。日出时分，萨赫罗出门放羊；日落之后，和羊一起归来。羊奶是他唯一的收入，无论是饿了还是渴了，他都会喝羊奶，偶尔还会卖一些羊奶来换取生活用品。等羊年纪大的时候，他会把羊卖了，换只年轻健康的回来，然后继续这样生活。

萨赫罗觉得自己活得很惬意，因为只要他放好这只羊，就不用整日为了生计四处奔波，更不会出现所谓的意外情况。那天夜里，萨赫罗照常牵着羊回家，他得意扬扬地说：“哈哈，放羊真是太幸福啦。看看可怜的农民吧，正午时分还在地里耕种，都快被太阳晒化了。而我只要将羊牵到草地，就可以到一旁安心乘凉了，真是神仙日子啊。还有，农民整天都要在地里干活，他们得提前准备好一日三餐。可我要是饿了，在羊身上挤鲜奶喝

就可以了。这么看来，我真是太幸福啦。”

不久后，萨赫罗的想法转变了，他发现了放羊的烦恼。想想看吧，为了维持自己每天的生计，他时刻都得牢牢看着羊，以免它跑丢或者意外受伤。可时刻将羊放到自己的眼皮子底下也不是办法啊。

这件事一直困扰着萨赫罗，让他无法好好享受生活。这天，萨赫罗像往常一样去放羊。他发现常去的河畔来了一位牧羊女，她也放了一只母羊。牧羊女叫萨赫拉玛，也就是愚蠢女人的意思。看着萨赫拉玛，萨赫罗突然灵机一动，自言自语道：“天啊，我想到好主意啦。如果我和这个牧羊女在一起，婚后让她放羊，我不就能过清闲日子了吗？难题就这样解决了！”

隔天一早，萨赫罗就去了牧羊女家，和她的父母说想要娶她为妻。萨赫拉玛的父亲想了一会儿，说：“我同意这桩婚事，因为你们非常般配。”

很快，两人就结婚了。热闹的典礼之后，萨赫拉玛带着母羊来到了萨赫罗的家。如萨赫罗所料，萨赫拉玛开始每天任劳任怨地放羊。小两口的生活方式并没有什么大的变化，还是每天渴了饿了喝碗羊奶。要说有什么不同，那就是萨赫罗现在每天都躺在床上休息。

就这样过了一段时间。一天，萨赫拉玛突然开始抱怨：“亲爱的，我不想放羊了。最近总有一窝蜜蜂来捣乱，咬得我身上没有一处好地方。我还年轻，可不能落得被蜜蜂蜇死的可怜下场。我们别过这样的日子了。”

读书笔记

阅读点睛

语言描写照应前文，两个人的名字很般配。

萨赫罗说："老婆，我不同意改变现在的生活方式。在我看来，这种生活方式没什么不好的。你看，我最近都长肉了，肌肤也越来越水嫩。而且如果不像现在这样过日子，我们该怎么办呢？"

萨赫拉玛说："亲爱的，你放心吧，我已经想到办法啦。我们用手里的母羊和蜂农交换蜜蜂，然后将这些蜜蜂养在后院。因为蜜蜂每日都会产蜜，我们自然会有数不尽的蜂蜜。这样一来，你的生活方式也没有改变，家务还是由我负责，不会有任何问题的。"

萨赫罗听得两眼放光，连连称赞道："老婆，你太聪明了。邻居们都说我们愚蠢，但我觉得你是我见过的最机智的人。如果事情按照你预想的发展，我们一定会更幸福的。要知道，蜂蜜更高级、更好吃呢。"

于是，萨赫拉玛去了蜂农家，对蜂农说想拿家里的母羊交换蜜蜂。蜂农没想到会有这样的好事落到自己头上，开心得眼睛都眯了起来。很快，萨赫拉玛就拎回了满满一箱蜜蜂。

从那以后，萨赫罗夫妇就过上了喝蜂蜜的好日子。萨赫拉玛不用再去放羊了，她只要按时去房后的蜂箱里收蜂蜜就行了。夏天的时候，碧绿的草地上盛开着各色各样的花。蜜蜂每天在花丛中流连忘返，萨赫罗家的蜂蜜都喝不完。这些多余的蜂蜜，萨赫拉玛就用家里的瓶子储存起来。一段时间后，已经有整整一瓶蜂蜜了。萨赫拉玛拿了一根绳子系到瓶子上，然后把瓶子悬在了房梁上。

而萨赫罗依旧是老样子，什么事情都不操心，每天日上三竿还在睡觉，太阳还没落山就进入了梦乡。他是这样和妻子解释的："如果休息不好，我很快就会老去，身体也会衰败。"

很快，这里的人们送走了湿热的天气，迎来了可怕的旱季。天气越来越热，却不再降水，花儿们都被晒蔫了。这样一来，蜜蜂就没有花蜜可采，萨赫罗夫妇再没有新鲜的蜂蜜了，一日三餐只能喝之前的存货。

这天，萨赫罗又睡到正午时分。他刚醒，就发现妻子在一旁喝蜂蜜。萨赫罗不分青红皂白，对妻子一顿训斥："怎么会有你这样贪吃的人，就知道偷偷喝蜂蜜！难道你不知道我们没有多少存货了吗？如果你再偷喝，我非狠狠地惩罚你不可！"萨赫拉玛被吓得呆住了，等缓过神儿来后，哭哭啼啼地说："你是怎么当丈夫的？为什么不知道关心妻子呢？我都饿了好几天了，感觉现在可以吃掉一头大象。我每天忙里忙外，你从不过问。现在刚醒就开始凶我，实在是太让人心寒了。"看萨赫拉玛说得那么可怜，萨赫罗也有些后悔，便安慰道："老婆，我错了，我以后不会这样了。我太冲动了，但我也是因为担心没有蜂蜜可吃，一着急才这样的。如果没有蜂蜜，我们该怎么办呢？不过刚刚我想到了一个好主意。我们把瓶里的蜂蜜卖掉，然后买两只老母鸡。你想，母鸡可以一直下蛋，这样就解决吃饭问题啦。"

看到萨赫罗承认错误，萨赫拉玛终于展开了笑颜，她附和道："我们可以雇个小工帮忙，看养母鸡的工作都交给他，让他把母鸡照顾好，保证母鸡给我们下蛋。这样一来，我也可以和你一样在家里休息了。"

萨赫罗说："养鸡可不简单，我们得雇佣负责任的小工，这样母鸡才能得到最好的照料，才能多多下蛋。"

萨赫拉玛说："无论是谁来做这份工作，都绝不允许懈怠。如果被我发现这种情况，一定会受到惩罚。"萨赫拉玛边说边到院子里拿了一个棒子。她举起棒子，摆出打人的架势。不巧的是，她不小心打到

读书笔记

阅读点睛

萨赫拉玛打碎蜂蜜瓶子使故事发生了转折，推动了情节的发展。

了悬在房梁上的蜂蜜瓶子。“砰”的一声瓶子碎了，碎片散落一地，蜂蜜也淌了出来。

萨赫罗见此情景，怒火冲天，可是他很快压制住了怒气，说道：“唉，瓶子打了，蜂蜜也没了，我们变成穷光蛋了。别想买什么母鸡了，小工也不用找了。唯一值得庆幸的是，我们两个好好的，没有被波及。”见妻子傻傻地站着不动，萨赫罗又说：“你别愣着了，快把这些蜂蜜捧起来。再不抓紧，这点蜂蜜也没有了。”

萨赫拉玛把蜂蜜一点一点地捧到碗中。可想而知，蜂蜜比之前少了二分之一。萨赫拉玛说：“时间会证明，我做的事是有意义的。我听过这样一个故事：从前有只乌龟去赴喜宴，因为速度太慢，半年之后才到达目的地。碰巧，那天新婚夫妇的孩子降生，乌龟就这样做了首位参加婴儿新生宴的客人。这件事被周围的人传为笑柄，乌龟却不以为然地说：‘慢慢做事挺好的，毕竟没有慢哪来的快呢？’”

萨赫罗越听萨赫拉玛说这些废话越生气，他睁开眼睛瞟了她一下，发现她在捧蜂蜜的时候还不忘偷着喝两口，便咬牙切齿地说：“你别想用谎话骗我，谎言只会收获失败。你这个没本事的懒女人，我就知道你不会养鸡，才想雇佣个负责任的小工。”

面对丈夫的指责，萨赫拉玛也很不满：“你说我没本事？我看你才是最没本事的男人！我从没见过像你这样懒惰又愚蠢的人！你每天除了睡觉什么都不做，恨不能睡上一天一夜，你是最没用的男人。”

萨赫罗坐起来大喊：“萨赫拉玛，你竟然侮辱我？只有像你这样没用的人才会做这种让人不耻的事！”

萨赫拉玛更加生气，骂道：“没错，我就是在侮辱你！怎么？你不服气吗？有本事你就把我埋了，现在就行动吧，你这个愚蠢的、懒惰的懦夫！”

萨赫罗被激得发狂，竟然真的揪起萨赫拉玛的衣领殴打她。这场闹剧持续了很久，后来萨赫罗筋疲力尽了，萨赫拉玛也已经被打得不能动了。但是萨赫拉玛一直没有屈服，她倔强地站在一旁，好像一面屹立不倒的墙。

最后，萨赫罗没有办法了，他摊了摊手说："事已至此，我向你道歉。现在，让我们放过彼此吧。你已经知道了，我确实没多大本事。"

品读赏析

愚夫萨赫罗原本靠放羊为生，生活很轻松。但是结婚后，他把羊交给了萨赫拉玛，自己整天在家里睡觉。最后，羊没有了，婚姻也结束了。这个故事告诉我们：凡事都要靠自己，不能依赖别人，要担负起自己的责任和义务，用不屈不挠的精神去战胜困难。唯有这样，才能过好生活，走向成功。

拓展延伸

非洲的羊

南非在世界上有两个著名的羊品种，波尔山羊和杜泊绵羊。

波尔山羊被称为世界"肉用山羊之王"，是世界著名的生产高品质瘦肉的山羊品种。具有体型大、生长快、繁殖力强、产肉多、抗病力强和肉品质高等特点。是优良公羊的重要品种来源。

杜泊绵羊分为黑头白体躯和白头白体躯两个品系，由有角陶赛特羊和波斯黑头羊杂交育成，在恶劣的放牧或劣质秸秆舍饲条件下，仍能正常生长发育和繁殖。以其适应性强、生长快、肉质好而闻名，主要用于羊肉生产。

情节档案

起　因：有一个名叫萨赫罗的年轻人以放羊为生，日子过得轻松自在。但是有一天，他突然觉得自己每天都必须和羊待在一起的生活不是长久之计。

经　过：萨赫罗在小河边遇到了牧羊女萨赫拉玛，两个人结了婚。婚后，萨赫拉玛带来了自己的羊，并负责放两只羊，萨赫罗就待在家里睡觉。萨赫拉玛因为放羊时常被蜜蜂蜇，便决定用羊换一箱蜜蜂，以后靠喝蜂蜜为生。

高　潮：到了旱季，夫妻俩只能喝存在瓶子里的蜜蜂。有一天，萨赫拉玛不小心打碎了储存蜂蜜的瓶子，她一边捧起蜂蜜一边不停地唠叨，萨赫罗听得很生气。

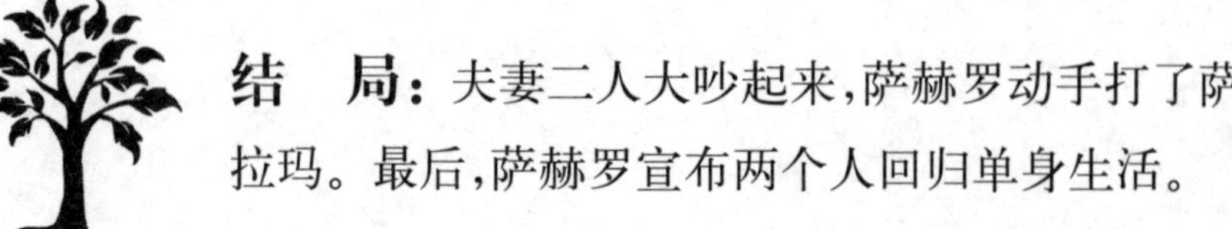

结　局：夫妻二人大吵起来，萨赫罗动手打了萨赫拉玛。最后，萨赫罗宣布两个人回归单身生活。

嘴的作用

在很久以前，城市里住着三个做生意的年轻商人，他们都有自己的小买卖。虽然有一些钱，但是谁也没有足够的钱去做一个大生意。

有一天，三个商人在一起聊着做生意的经验。他们你一言、我一语地说着各自的想法。这时，一个商人突然有了一个想法，他提议说："我想，如果我们三个人合起伙来做个大生意，应该比现在赚的多得多。我们都把自己的钱拿出来，放在一起，等买卖做起来了，赚了大钱，大家平分。你们觉得这个想法怎么样？"另外两个商人听了，思考了一下，同意了这个想法。

阅读点睛

他们打算合伙去赚更多的钱，这本是一个好主意，但是这三个人并不能互相信任。

经过商量，他们决定去一个更发达的大城市开商店。几天之后，三个人都拿出了各自的钱，他们把钱放在一起，装在了一个布袋里，便出发了。在路上，他们轮流背着钱袋，风尘仆仆地走了一天，等他们终于来到了一个大城市时，已经又累又饿了。三个人决定先找一个饭铺，吃顿饱饭。没走多远，他们就看到一家饭铺。三个人点了一桌丰盛的饭菜，开始大吃起来。饭后，三个人觉得走了这么远的路，应该洗个澡，再稍稍休息一下。可是钱袋该放在哪里呢？三个人商量后，决定放在饭铺主人那儿。饭铺的主人是个老妇人。他们同时走到老妇人跟前说："我们去洗澡，钱袋先存放在你这里。你要记住：只有我们三个人同时在场，才可以把钱袋交给我们，否则，绝不能交出钱袋。"说完，他们把钱袋交给了老妇人，然后就洗澡去了。

阅读点睛

此处三个商人对老妇人说的话是整个故事的中心，由此推动了故事情节的发展。

他们刚要洗澡，一个人说："哎呀，我们没有肥皂，我去找老妇人要吧？"

另外两个人说："好，那就麻烦你去要一个吧！"

这个人来到老妇人跟前说道："老板，请你把钱袋给我吧，是另外两个人让我来取的。"

老妇人说："我要遵守你们的约定。你们不是说三个人同时在场我才能把钱袋交出来吗？现在你一个人来，我不能把钱袋交给你。"

于是，这个人大声向里面的两个人喊道："她不给我呀，说你们两个不在场。"

两个人听了，还以为是老妇人不给他肥皂，于是大声说："给他吧，是我们让他去的！"

老妇人听了，就把钱袋交给他了。这个人接过钱袋就向门外走去，谁也不知道他去了哪里。

阅读点睛

这个人使计拿走了钱，但是从老妇人的角度来看，她是经过三个人同意之后才将钱袋交出去的。

正在洗澡的两个人等了好久，也不见那个人拿着肥皂回来。他们的心里产生了一丝不安，决定还是出去看看究竟发生了什么事。两个人向老妇人询问后才知道,原来那个人早就拿着钱袋溜走了。他们责问老妇人:“为什么不遵守约定,把钱袋给了他?”老妇人委屈地说:“刚刚不是你们派他来取的吗?你们同意了,我才交出钱袋的。”

两个人生气地说:“我们让他来取的是肥皂,不是钱袋。”

一气之下,他们将老妇人告上了法庭。

在法庭上,法官向商人问道:“你们当时是怎么对老妇人说的?”

商人把事情的经过如实向法官大人讲述了一遍,恳请法官做出公正的判决。

法官听后又问老妇人:“确实如他们所说吗?”

老妇人没有辩解,说:“是的,事情确实像他们说的一样。”

于是,法官做出了判决,道:“老妇人,既然这是事实,那请你把钱袋要回来,不然的话,你的罪过够你在监狱待上一阵子了。”

老妇人恳求道:“我根本不知道拿走钱袋的人去了哪里,我怎么要回钱袋啊?法官大人,请您重新判决。”可是法官并没有改变决定。

老妇人走出法庭,在回家的路上,她绝望地哭了起来。

她的哭声被一个教书先生听见了。教书先生走到她跟前同情地问道:“发生了什么事?为什么哭得这么伤心?”

老妇人将整个事情的经过向教书先生讲述了一遍。

教书先生听了,给她出了个主意,说:“你到法庭

读书笔记

阅读点睛

此处教书先生的话给了老妇人启示,她明白了该如何向法官大人说,才能让法官大人重新审判。

上对法官说，‘只有他们三个人都在场，我才能把钱袋交给他们’，你看看法官会做出什么样的判决。”

老妇人听了豁然开朗，她赶快跑回法庭，对法官说：“我找回钱袋了！”

法官说：“既然钱袋找回来了，就交给他们吧。”

老妇人说：“可是，按照约定只有他们三个人都在场，我才能交出钱袋，现在只有两个人。”

法官对那两个商人说：“你们把那个人找回来吧，这样老妇人才能把钱袋还给你们。”

两位商人无奈地说道：“我们去哪找那个人啊？”

法官做出了新的判决：“两位商人，你们的嘴巴让你们输了这场官司。不要再纠缠不清了，否则，我会下令对你们进行处罚。而你，这位老妇人，已经没有罪了，可以回家了。”

品读赏析

故事中三个年轻的商人本打算一同做生意，但其中一个人却背叛了另外两个人，他用谎言和计策骗走了寄存在老妇人那儿的钱袋，偷偷溜走了。老妇人并不是一个不信守约定的人，她只是被人蒙骗了。骗钱的人用含糊的语言得逞，老妇人用语言免除了处罚。语言是一门艺术，说话时，我们不能像那个骗走钱袋的人一样，钻语言的空子。做一个正直的人吧，说真心且真诚的话。

拓展延伸

商人的由来

早在原始社会后期，货币还未出现时，人们就开始用一件物品来交换另一件物品，虽然可能不是等价交换，但却是一种最原始的交易方式。我国“商人”一词的来源要追溯到3000多年前的商朝，传说商朝人很会做生意，久而久之，人们开始习惯把做买卖的人称为“商人”。现如今，有很多中国商人前往非洲做生意，因为那里相当一部分市场还待开发，聪明勤劳的中国商人在给非洲带去丰富的商品之余，也赚满了自己的荷包。

世上最长的故事

很久很久以前，在一个古老的国度，有一个十分喜欢听故事的国王。国王听过的故事数不胜数，不论是神话故事、寓言故事，还是民间故事、童话故事，他都听过了。国王的记忆很好，他听过的故事，都能够完整地复述出来。全国人民都知道国王的爱好是听故事，于是，悄悄称这个国王为故事国王。

国王听过一个很长的故事，那个人给国王讲了整整半天的时间，才讲完。但是国王觉得这一定不是世上最长的故事。国王十分好奇，世上最长的故事有多长呢？他还从没有听过最长的故事呢。于是，国王下令：谁要是能讲出世上最长并且能够让人不停发笑的故事，他就奖励谁一大笔财富。

于是国民们纷纷来到国王的大殿给国王讲故事，他们都认为自己的故事是世上最长的。几天的时间里，国王听到了许多有趣的新故事，也听了很多无聊的故事，有些他连笑都没笑。有些他只听了一个开头就知道是东拼西凑的。

命令刚下达的时候，每天都有人来给国王讲故事，但是，时间一天天过去，来给国王讲故事的人越来越少。一转眼过去三个月了，已经没有人来给国王讲故事了。国王不相信没有人能讲出世上最长的故事，他十分苦恼，就连脾气都变得很暴躁。王宫里的人因此倒了霉，常常无故被他斥骂，大家都提心吊胆，不敢多说一句话。

阅读点睛

此处的描写表现了国王迫切想听到世上最长的故事的心情。

又过了很长时间，终于有一天，一个年轻人骑着小骆驼来到了王宫前。他从骆驼上跳下来，对门前的卫兵请求道："麻烦您通报国王，我会讲世上最长的故事。"卫兵看了他一眼，看到这个人一身普通乡民的打扮，就不屑地对他说："你会讲故事吗？如果你拿东拼西凑的东西来糊弄国王，那我劝你赶紧回去吧！小心性命不保！"

年轻人很客气地说："我明白您的意思。相信我，我一定能讲出一个让国王满意的故事，它一定是世上最长的故事。"

卫兵只好去通知国王。不一会儿，卫兵领着年轻人进了王宫。

年轻人走进宫殿，礼貌地向国王请了安，并告诉国王自己叫纳比努。

国王不大相信这个人能讲出令他满意的故事，问道："你能讲出世上最长的故事？"

纳比努坚定地回答："尊敬的国王陛下，我相信您即将听到的故事就是世上最长的故事了。"

国王命令侍卫拿来一张席子，让纳比努坐下来讲。

读书笔记

纳比努坐下来开始讲故事：

“从前，有一个名叫乌邦巴乌的人，他有一个特点，就是饭量大得惊人，无论吃多少东西，他都吃不饱。因为饭量大得出奇，乌邦巴乌成了全国的名人，人们茶余饭后都会谈论他。一些好奇心强的有钱人花钱给乌邦巴乌买了很多食物，想看看他究竟能吃多少东西。但是，乌邦巴乌实在太能吃了，无论给他多少食物，他都吃得下。那些好奇心强的有钱人只好放弃了，毕竟他们的财产有限。人们有时怀疑，他是不是有什么魔法。

阅读点睛

纳比努讲述了一个特别能吃的人，为“最长”做铺垫。

“终于，乌邦巴乌饭量大的消息传到了国王的耳朵里。国王不相信乌邦巴乌有什么魔法，他说：‘不论他多能吃，我都会让他吃饱，否则，国王的宝座就让给他。’这个国家有一百二十四个地方长官，他命令每个地方长官都要准备一千份食物送到王宫里。同时，国王派人把乌邦巴乌带到王宫里。

“听到国王的命令，地方长官们开始向王宫运输食物，国王心想：‘只要有足够多的食物，乌邦巴乌还能吃不饱吗？不撑死才怪。’

阅读点睛

食物堆满了王宫。国王要看乌邦巴乌究竟能吃多少，但因为没有人知道他的胃口有多大，纳比努就可以一直表演“吃”。

“从全国各地运来的食物陆陆续续到达王宫了。这些食物堆满了整个王宫，仓库里、走廊里、院子里，都堆了满满的食物。王宫里已经开始奏乐，等待着乌邦巴乌到来。

“终于，乌邦巴乌来到了王宫，他向国王请了安，国王就命令他开始吃了。乌邦巴乌礼貌地说了句‘我开始吃了’，就打开一袋子食物吃了起来，此时王宫里还奏着乐。乌邦巴乌不停地吃、不停地吃、不停地吃、不停地吃……”

纳比努不知道说了多少个“不停地吃”，国王着急听接下来的故事，于是，他打断纳比努说：“你接着讲啊，怎么一直‘不停地吃’？”

纳比努回答国王，说：“国王陛下，您不要着急啊，这可是世上最长的故事，您慢慢听我讲。他不停地吃、不停地吃、不停地吃、不停地吃……”

不知不觉，一天过去了。第二天，纳比努还在重复“不停地吃”。国王问：“乌邦巴乌是不是该做点别的什么事了？”

纳比努不慌不忙地说：“国王陛下，乌邦巴乌还没有吃完王宫里的那些食物呢，他还要不停地吃、不停地吃……”

纳比努的故事已经讲了整整三天了，别看他的故事一直在重复一句话，但是他的动作非常形象，简直把“不停地吃”食物的乌邦巴乌演活了，让王宫里充满了笑声。

已经到第四天了，国王问：“乌邦巴乌该吃完了吧？他已经吃了三天了。”

这时，国王身旁的一个大臣说：“国王陛下，看样子，纳比努是要讲到乌邦巴乌把所有的食物都吃完，才能讲接下来的内容吧！就算乌邦巴乌一天吃掉一百份食物，他也要吃三四年呢，那么纳比努的故事岂不是能讲三四年？看来，他真的讲出了世上最长的故事。国王陛下，即使纳比努的故事一直在重复‘不停

阅读点睛

国王希望听到故事接下来的发展，但纳比努却一直在重复“不停地吃”这四个字，为这个最长的故事增添了神秘色彩。

读书笔记

地吃'这一段，但整个王宫里的人都被他逗得哈哈大笑，这不就是您要求的又长又有趣的故事吗？"

国王听大臣这么说，想了想说道："是啊，这不就是世上最长的故事吗？它的确很有趣，看来，我需要兑现我的承诺了。"于是，国王命令侍从取来了财宝，赏给了纳比努。纳比努接过财宝，感谢国王后就出宫了。

纳比努走到王宫大门，当时看不起他的那个卫兵就像变了一个人似的，不停地对纳比努说着好话，还说："我就说你这个年轻人不一般吧，当初看到你，我就赶紧报告国王，我知道真正会讲故事的人来了……"话音未落，纳比努从财宝箱里拿出几枚金币扔给了他，骑着小骆驼头也不回地走了。

阅读点睛

此处对卫兵的语言描写，呈现了一个阿谀奉承、对人不真诚的人物形象，与他之前看不起纳比努的态度形成了鲜明的对比。

纳比努带着国王赏赐他的一大笔财富回家了。一路上，看到纳比努的人都夸赞他是个了不起的人物，纳比努成了这个王国的大明星。他的财富够他花一辈子的了，就算他不停地吃、不停地吃、不停地吃、不停地吃……也花不完。

品读赏析

爱听故事的国王想听世上最长的故事。聪明的纳比努来到国王的宫殿，给国王讲了一个世上最长的故事。这个故事的开头很有趣，到后来却一直重复"不停地吃……"，但是国王并没有责怪他，因为故事的主人公要吃完王宫里所有的食物。而且他讲得绘声绘色，能让国王不断地发笑，最后国王按照承诺赏赐了他。我们也要像国王一样，做一个信守承诺的人，对别人做出了承诺，就一定要做到。这样，才更值得人们尊重。

拓展延伸

最长的故事与《一千零一夜》

相传在古阿拉伯的海岛上，有一个萨桑王国，国王山鲁亚尔仇视女性。他每日娶一少女，又在次日早晨杀掉。这样持续了三年，宰相的女儿山鲁佐德不忍更多无辜的女子受害，自愿嫁给国王，用讲述故事方法吸引国王，每夜讲到最精彩处，天刚好亮了，国王为了听下去，允她下一夜继续讲。她的故事一直讲了一千零一夜，国王终于被感动，立誓不杀她，并将故事记录下来，形成《一千零一夜》这本书。本篇故事与《一千零一夜》的叙述方式颇为相似，都是通过讲述漫长的故事来达到自己的目的。因民间故事大多以口耳相传的方式流传，所以地域的不同使两个故事出现了差别，但究其本质，二者都是广大民众生活习俗和文化元素的结晶。

不忘过去的人

从前，有三个孤苦可怜的兄弟，他们从小就失去了父母，无依无靠，而且都身患残疾。大哥汤可，是个瘸子；老二祖必，患有麻风病；弟弟伊拉，是个盲人。幸运的是，他们从小到大都有好心的邻居帮助，要不然日子真不知道怎么过下去呢。

◉阅读点睛

天神同情这三个人而决定帮助他们，引出后文。

终于有一天，天上的天神发现了这三个苦难的兄弟，十分同情他们。于是，他决定来到人间帮帮他们。

天神最先见到了大哥汤可，他同情地问道："可怜的人，你有什么愿望？我可以满足你。"

大哥答道："我最大的愿望是当上酋长，管理很多人，拥有无数的财富。"

◉读书笔记

天神爽快地说："我现在就满足你，你已经是一个大酋长了。"

天神又来到了老二祖必这里，问道："你有什么要求和愿望，我可以满足你。"

老二赶忙说："我最大的愿望就是治好我的病，

然后成为一个大富翁。”

天神说：“放心吧，上天会让你实现愿望的。”

最后，天神来到了弟弟伊拉面前，询问道：“你有什么愿望吗？我是天上的天神，可以满足你的愿望。”伊拉说：“如果真能实现我的愿望的话，我唯一的愿望就是见到光明。”

天神听了，简直不敢相信，他问：“除了让眼睛恢复光明，就没有其他的愿望了吗？比如升官、发财？要知道这几乎是每个人的梦想。”

伊拉说：“只要我的眼睛能够看见光明，我就可以通过自己的努力来获得幸福，这种幸福不是升官、发财能比的。”

阅读点睛

天神和伊拉的对话，让我们看到了一个有梦想、积极向上的有为青年的形象。

天神满意地点了点头，帮他实现了愿望。

就这样，兄弟三人都变成了健康人，实现了各自的愿望。

很快，一年过去了。天神想回到人间看看三兄弟的近况。

大哥汤可已经如愿当上了酋长。他住在金碧辉煌的宫殿里，宫殿外有很多士兵把守，仆人在他身旁伺候着。天神装扮成一个瘸子来到汤可酋长的宫殿前，他向酋长请求道：“尊敬的酋长，我路过这里，实在找不到住的地方了，我可以在您的宫殿里借宿一晚吗？”

汤可酋长瞟了他一眼，见殿前这个人脏兮兮的，一副穷酸样，便满脸的厌弃。他说：“我这大殿岂是你这种穷人能住的？赶快离开这里，不要让我再看见

阅读点睛

通过这段语言描写可知，大哥汤可如愿当上酋长后，完全忘记了过去，忘记了他曾经也是一个穷人。

你，我见了你就觉得恶心！”

读书笔记

天神跪着乞求道：“求您留我在这里住一晚上吧，天一亮，我就会离开。您过去不也是这样的贫苦吗？”

汤可酋长听他这么说，更加生气了，他大怒道：“赶快离开，否则，我就让卫兵把你打出去。”

天神站起身来，离开了这里。在天神离开的那一瞬间，汤可酋长又变回了原来那个一无所有的瘸子，他的宫殿、他的仆人、他的财宝，全都消失了。

从大哥汤可那里离开后，天神又装扮成一个麻风病人来到了老二祖必的家。

祖必现在是一个家财万贯的大富翁，住在一个豪宅里，家里有很多仆人，日子过得十分舒坦。天神见到祖必，可怜巴巴地对他说：“尊敬的主人，能给我一些吃的吗？我饿极了，身上又没有一分钱。”

祖必抬头一看，站在面前的是一位麻风病人。他大吼道：“赶快离开这里，我们家不接待麻风病人！”

天神说：“尊敬的主人，您原来和我是一样的人啊，您可怜可怜我吧！”

阅读点睛

祖必忘记自己曾经也是饱受病痛折磨的麻风病人，对麻风病人完全没有同情之心。

祖必大发雷霆，道：“胡说！我们家从来没有人得过麻风病，你给我出去！别让我看见你，我见了你就觉得恶心！”

天神被祖必赶了出来。这时的祖必呢，他当然也变了回去，仍然是一个麻风病人，他的豪宅、财宝……全都消失了。

最后，天神装扮成一个盲人来到了老三伊拉家。

天神站在伊拉的门口说："主人，能到你的家里喝点水吗？我路过这里，身上带的水已经喝光了。"

伊拉见是一位盲人，赶忙把他带到了屋子里，给他准备了饭菜，让他大吃了一顿。天神装扮的盲人吃饱了，谢过伊拉就准备离开了。这时，伊拉又给他准备了一些食物，还给了他一些钱。

阅读点睛

此处伊拉见到盲人后的表现反映了伊拉是一个不忘感恩、善良有同情心的人。

天神手捧着钱袋和食物，问伊拉："为什么对我这么好？我只是一个普普通通的过路人。"

伊拉诚恳地回答："不瞒您说，一年前，我跟您一样，是个盲人，是一位天神实现了我的愿望，让我见到了光明。如今，我的日子过得越来越好，我对上天充满了感恩。所以，我要帮助那些同我过去一样贫苦的人。"

这时，天神说："你仔细看看我，其实我不是一个盲人，我就是一年前那位天神。一年过去了，我来看看你们兄弟三人过得怎么样。只有你，没有让我失望。你没有忘记过去，是一个懂得感恩的人。我相信，你的生活一定会越来越好，越来越幸福。"

品读赏析

受尽苦难的三兄弟终于得到了天神的眷顾，三个人都实现了愿望。然而，当一年后，天神来到人间考验他们时，老大和老二让天神失望了。他们忘记了天神的恩惠，忘记了要不是有人相助，自己也仍然过着贫苦的日子，完全没有感恩之心。只有老三在自己获得光明后，愿意帮助更多的人。最终，老大和老二又变了回去，只有老三越来越幸福。不论得到什么样的帮助，获得多大的成功，我们都不能忘记过去。我们要做懂得感恩的人，怀有一颗感恩的心。

拓展延伸

麻风病

麻风是由麻风杆菌引起的一种慢性传染病，主要病变在皮肤和周围神经。临床表现为麻木性皮肤损害、神经粗大，严重者甚至肢端残废。麻风病作为一种传染病，在医学不发达的年代，人们对麻风病人非常惧怕。在中世纪的欧洲，人们对待麻风病人的态度是直接赶出居民区，甚至将麻风病人直接处死。但在当今医疗发达的情况下，世界各地的麻风病已经得到控制，发病率明显下降。

少年雅布拉尼与狮子

在很久很久以前，天上不只存在一个月亮，人类也能够和动物正常交流。故事的主人公是一个年轻人，他的名字是雅布拉尼，出生在非洲大地一处高山环绕、森林茂密的地方。

读书笔记

如果用这个国家的通用语翻译一下，这个年轻人名字的含义是"幸福的使者"。他刚出生的时候，就为爸爸妈妈带来了幸福。一月酷夏的某一天，雅布拉尼降生了，让周围的人都感到幸福和快乐。

从小，他就有助人为乐的好品质。当然，雅布拉尼对他人伸出援手时，自己的内心也会涌起一份幸福之情。这就是雅布拉尼独特的天赋：能够解除别人的悲伤与忧愁，最终获得幸福——他能够帮助所有人找到幸福。雅布拉尼的祖父认为，他的这个天赋是天神的礼物，这是只赐予人类的礼物。

阅读点睛

介绍雅布拉尼的天赋技能——帮助他人获得幸福，为后文做铺垫。

这天天清气爽，雅布拉尼开心地来到附近的森林中。在他路过某处地界时，耳边突然传来断断续续的求救声：

“有人吗？谁来救救我！拜托了……救救我吧！”

雅布拉尼停下了脚步，仔细听了听，找到了声音的来源——一个被人精心布置的陷阱。哪个倒霉蛋在向他求救呢？雅布拉尼走近一看，发现是只凶狠的狮子。

“你好，我是雅布拉尼。”雅布拉尼礼貌地做着自我介绍，“你为什么在陷阱里呢？”

“哈，天知道我为什么会在这里。”狮子的语气有些奇怪，然后恳求道，“雅布拉尼，我昨天不小心掉进了这里。到现在已经又渴又饿，只有你能拯救我了。”狮子做出一副可怜巴巴的样子。

雅布拉尼听了心中非常犹豫，并非他不愿意帮助这只可怜的狮子，而是担心把这只狮子救出来后，饥饿的狮子会立刻把他当作食物，狠狠地将他撕碎。

阅读点睛

从这里可以看出雅布拉尼并不是一个不经思考就帮助别人的老好人。

“狮子，我很想帮助你，可是我又担心你脱离困境之后会立刻拿我充饥。”

“请你千万相信我，你救了我，就是我的恩人，我决不会恩将仇报！否则以后我该如何立足呢？我保证，等我离开陷阱，一定不会把你当作我的食物。”

雅布拉尼思虑再三，还是准备救出狮子。他相信狮子不会做出忘恩负义的事情！

“那么，稍等一下，我这就将你救出来。”说着，他靠近困住狮子的陷阱，将随身携带的绳子系了个死扣丢给了狮子，帮助它摆脱困境。

狮子出来之后狠狠地呼吸了一下新鲜空气，舒展了僵硬的身体——它毕竟被困了一天一夜，身体

已经有些不协调了。舒展完四肢，狮子来到雅布拉尼面前，贪婪地盯着他：

“年轻人，我准备先补充一下水分，然后再慢慢地享用你！”

雅布拉尼不可置信地看着换了副面孔的狮子，怀疑自己是不是听错了。

“请不要对我做这种低级的恶作剧，我不相信。”雅布拉尼故作镇定地说，手心已经冒出冷汗了。

狮子却认真地说：

“由不得你不相信。来吧，跟随我的脚步，等我润润喉咙，然后把你撕碎。我真的太饿了。”

“你刚才明明说不会做忘恩负义的小人！你刚刚发过誓的。”雅布拉尼吼道。

狮子用貌似慈爱的眼神看着他，说：

“没错，我的确这样说过，你没有记错。但是要让我忍饥挨饿履行诺言，我可办不到。因此，我现在决定用你来填饱肚子！”

雅布拉尼又害怕又生气，他用尽全身力气大吼道：“不能这样，不能这样！狮子，我好心好意救了你！你就是这样对待我的？我不服，有本事你和我去听听其他动物的想法，看看大家怎么说。”

尽管狮子此时已经饥肠辘辘，不过，它还是想维持一点儿形象，让雅布拉尼心甘情愿地成为自己的食物。于是，它同意了雅布拉尼的建议：

“这样吧，如果大家都认为你的看法正确，你就能安全回家。不说了，我们快点出发，我真的太饿了。”

读书笔记

阅读点睛

雅布拉尼急中生智，想要挽救自己的生命，同时也推动了情节发展。

读书笔记

狮子按照原计划先喝了口水，然后同年轻人一起找到了一只老弱的驴子，它正在悠闲地吃草。

“打扰了，驴子。我们想就一件事询问一下你的看法，这件事决定了我是否能够活下去。”

“可以，年轻人，请讲吧！”

然后，雅布拉尼将事情的始末完整地讲述了一遍：狮子承诺不吃他，他救了狮子，而狮子脱困后又反悔了。

“驴子，你认为狮子的做法对吗？”

驴子并没有立刻回答雅布拉尼，而是斟酌了一下，然后说道：

“我认为没错，狮子的做法没有错。在我看来，人类也会这样做，在得到帮助之后忘记别人的恩情，只要饿了就会毫不犹豫地吃掉伸出过援手的动物。”驴子说着，突然哽咽了起来。等它平复了心情之后，接着说道：“就拿我举例吧。我从一出生就帮助人类，从小到大，每天都在辛辛苦苦地驮货物；然而，当我年纪大了，人类就抽打我，将我遗弃到此处，等待死亡。你认为这种做法正确吗？”

阅读点睛

毛驴以自身经历发出反问，引发思考。

雅布拉尼听得面红耳赤，几不可闻地吐出“不正确”三个字。他并不是被驴子的话说服了，只是一时之间不知该如何辩驳。可是，他应该为他人的不义付出生命的代价吗？

狮子不管雅布拉尼此时如何纠结，只是得意地说道：

“这回你无话可说了吧，驴子觉得我没做错。

事不宜迟，我要吃掉你。”话毕，狮子就张开了血盆大口。

“我不服，驴子只是个个例，我想再听听别的动物的看法。如果大家都这样说，我才会死心。”

狮子虽然不情愿，可还是抑制住了自己的火气，决定再问问别的动物。雅布拉尼又获得了暂时的安全。

他们继续走，遇到一头奶牛。雅布拉尼和狮子同它打了个招呼。接着，雅布拉尼请求它来评理，结果当雅布拉尼讲述完事情始末之后，奶牛却大声说：

“你们人类就是这样对待我们的。在有需要的时候榨取我们的牛奶，让我们在农田里来回地犁地。可一旦我们年纪大了，失去了继续被你们压榨的价值，不仅没有得到厚待，反而面临生命危险。在饥饿时吃我们的血肉来填饱肚子，在寒冷时用我们的皮毛来缝制外套。人类是多么自私，多么忘恩负义。因此我认为狮子用你来填饱肚子，没有什么不对。”

雅布拉尼没有放弃，他又寻找了森林中的几种动物，征询它们的意见。可是不管是小鸟、小鹿、鬣狗还是兔子，都认为狮子在脱离陷阱后吃掉他来填饱肚子的想法没什么错。

雅布拉尼非常伤心，他几乎已经接受了将要被狮子吃掉的命运，在心中默默地向部落中的人告别。

在狮子向他张开了嘴，流下涎水的时候，雅布拉尼看见了一只豺。

“狮子，再给我最后一次机会，我只问这最后一

读书笔记

阅读点睛

可见不管是小鸟还是兔子都吃过人类的亏，可怜的雅布拉尼成了替罪羊，那么，雅布拉尼还有生机吗？

次了。”

狮子不耐烦地说：“我最后给你一次机会。我实在太饿了，不能再等下去了。”

雅布拉尼跑到豺的面前，向它重复了一遍事情原委。豺露出一副疑惑的样子，对他们说：

“我没太弄懂你们的意思，能不能带我去陷阱那里观察一下。我只有明白了事情的经过，才能说出我的观点。”

于是雅布拉尼、狮子和豺一起回到了当初困住狮子的地方。豺查看了一下周围的环境，还是有些不解：“你真的曾掉到那里面过？这个陷阱看起来并没有多大，你是如何被困在里面的呢？”

狮子已经饿昏了头，对豺说：

“哎呀，你真是麻烦，我告诉你我是怎么被困住的。我再跳一次，你好好看着。”然后，它不假思索地跳了进去。

雅布拉尼见此情形，赶忙将陷阱恢复了原样。此时的狮子还不知道刚刚自己做了多么愚蠢的举动。雅布拉尼获救了，他想要向豺道谢，但豺早就无声无息地离开了。

品读赏析

本文主角雅布拉尼是一个天性善良喜欢帮助他人的热情少年。他在森林中遇到了被困在陷阱里的狮子，在狮子的花言巧语之下，帮助狮子脱离了险境。谁知狮子立刻将自己的承诺抛到脑后，要将自己的救命恩人吃掉。作者借雅布拉尼与森林中动物的对话促使读者对道德与动物本能之间的关系进行思考。在弱肉强食的动物世界中，强者以弱者为食本没有对错。但是，如果其中掺杂了人性呢？这真是一个值得思考的问题。

拓展延伸

非洲狮子

提起非洲狮子，人们的第一印象是它们极具爆发力，外表优雅而完美，堪称兽中之王。非洲狮子是猫科动物，数量正在逐年减少，但是目前它们并未被列为濒危或受威胁物种。非洲狮子颜色多样，以浅黄棕色为多。在所有的猫科动物中，狮子的群体意识最强，它们能够和睦相处。担任首领的雄狮负责保卫领地，其他的雄狮负责保护雌狮。

人物特写

姓名：狮子

特点1：愚蠢

狮子想不顾道义吃掉雅布拉尼，却又优柔寡断给他机会，此其愚蠢之一；看不清豺的真实意图，最后不仅丢了到嘴的肉，还重新落入陷阱，此其愚蠢之二。

特点2：兽性十足

狮子面对危机能屈能伸，在摆脱困境之后却仅仅因为饥饿难耐就想要吃掉自己的救命恩人，对违反诺言没有丝毫羞愧，完全地从本能出发，兽性在它的身上体现得淋漓尽致。

姓名：豺

特点1：机智

豺看出雅布拉尼有危险，却沉着冷静，不动声色地将狮子带入圈套，机智勇敢。

特点2：低调

豺救了雅布拉尼的性命，但是没等雅布拉尼向它道谢，就低调地消失在森林里，这种品格很值得我们学习。

两户人家

西迪和汤可是多年的邻居。西迪为人正直，十分善良，常常帮助别人，人们也对他赞不绝口。而汤可却是一个爱贪便宜的人。即便如此，西迪和汤可的关系一直很和睦，因为西迪总是说："都是邻居，忍一忍就过去了。"

但是汤可不是这样想的，他看见西迪有一匹又高又大的黑马，十分忌妒。每次看到西迪骑马时的神气劲，他就十分不快。因为，他的家里除了一头瘦弱的驴以外，就什么都没有了。汤可想：总有一天，我要把西迪的黑马偷过来，然后拿到集市上卖掉，有了钱就可以买其他的东西了。

有一天，西迪的舅母生病了，西迪骑着马准备去看望她。汤可知道了这件事，就想：为什么不趁这个机会偷走他的马呢？但是该怎么做呢，总不能直接抢吧？终于，汤可想到了一个好主意。他穿上一身破旧不堪的衣服，还把自己弄得脏兮兮的，拄着一根棍子，悄悄地躲在路边，等着西迪从这里经过。

读书笔记

阅读点睛

汤可为了把西迪的黑马骗到手大费心思。他知道西迪是一个有同情心的人，就把自己打扮成一副可怜的样子。

读书笔记

终于，汤可等到了骑着马从舅母家回来的西迪。他拄着棍子，一瘸一拐地走到西迪跟前，装出一副可怜巴巴的样子说道："亲爱的西迪，我的病又犯了。家里既没有粮食，也没有药，本来我打算到城里去买，可是腿疼得厉害，实在走不动了，唉……"

西迪见汤可这个样子，立刻从马上跳下来，说："汤可，你到我的马上去，我带你去城里买些粮食和药吧！"说完，西迪把汤可扶到马背上。但还没等西迪也坐上去，汤可就用棍子打了一下马的屁股，马疼得立刻跑了起来，西迪远远地跟在后面，却怎么也追不上。这时，汤可回头喊道："西迪，你真是个笨蛋，我根本没有病。现在这匹马是我的了，你别想追上我要回这匹马了！"

可是，西迪一点儿也没有发怒，他只是对汤可说："今天这件事，我们就当作从来没有发生过，不要告诉任何人。"

阅读点睛

通过对汤可的神态和语言描写，我们可以看出汤可是一个不知羞耻的人，做了坏事不以为耻，反以为荣。

汤可一脸得意地说："怎么可能呢！我一定会把这件事告诉我的兄弟们的，让他们看看我多聪明。"

可是西迪还是坚持说："我还是提醒你，不要把这件事说出去，否则会造成不好的影响。以后，人们见到了可怜的人都不会发善心，更不会去帮助。人们会以为路上遇到的可怜人都是装出来的，那样的话真正需要帮助的人就得不到帮助了，你明白我的意思吗？"

汤可听了，觉得不可理喻，没有继续理会西迪。他骑着马向集市跑去，还不忘拿出包里的新衣服换上。到了集市，汤可把西迪的马卖了，用这笔钱买了十一头牛。第二天，汤可赶着他新买的十一头牛回了家。回到家，汤可搭建了一个大大的牛棚，供牛休息。白天，汤可赶着牛去野外的草地上，让牛吃到最鲜嫩的青草。

村民们都对汤可突然变成了富人感到不可思议。但是，西迪从没有向任何人提起过那天的事。

说来也巧，有一天，西迪的舅舅把家里的十头牛牵到了西迪家。他要去外地，过一阵子才能回来，只好让西迪帮忙照看他的牛了。

汤可见西迪也有了牛，就跑到西迪的家警告他，说："西迪先生，你要看好你的牛，要是它们敢到我的庄稼地里吃庄稼，小心我不客气！"西迪平静地回答："放心吧。"

阅读点睛

此段的语言描写表现了汤可是一个忌妒心十分强的人。而西迪经过骗马事件后，已经看清了汤可的为人，但心胸宽广的西迪并不想跟汤可斤斤计较。

但是，不幸的事情发生了。一天晚上，西迪家的牛偷偷跑出来一头，还偏偏跑进了汤可的庄稼地里。汤可的妻子见一头牛在自己的庄稼地里吃庄稼，她很生气，跑回去对汤可说："西迪简直欺人太甚，他家的一头牛正在我们家的庄稼地里吃庄稼呢！"

汤可听了，愤怒地拿起带着毒的弓箭，来到了地里，一箭将西迪家的牛射死了。

第二天，汤可来到西迪家，对他说："你家的牛死在了我的庄稼地里，记住了，这是给你不听警告的教训！"

西迪只是冷静地回了一句"我知道了"，就把死去的牛抬走了。

读书笔记

周围的邻居们听说了这件事，都对汤可的行为很不满。

西迪的妻子对汤可忍无可忍了，她气愤地对西迪说："我们已经对他够忍让了，可他实在太欺负人了，我觉得没有必要再对他这样忍耐了。"

过了几天，西迪的妻子终于想到了一个教训汤可的办法。一天晚上，西迪的妻子悄悄地来到汤可家的牛棚，把他们家的牛全都放了出来，赶到了汤可的庄稼地里。这些牛在庄稼地里大吃起来。

汤可的妻子听到了声音，出来一看，发现庄稼地里有好几头牛，断定是西迪家的，于是回家对汤可说："西迪来报复我们了，他把所有的牛都放到咱们家的庄稼地里了，他是想让牛把我们家的庄稼都吃光吗？简直太可恶了！"

汤可一听，简直要气疯了，他又拿出带着毒的弓箭，来到庄稼地里，一口气把地里的牛都射死了，然后气冲冲地回家了。

第二天，汤可又来到西迪家，愤愤地说："你的牛都被我射死了，无论你想怎么报复我，我都不怕你！"西迪听了，不解地说："我的牛明明好好地在牛棚里呢！"

阅读点睛

此处的语言和动作描写让我们看到了一个毫不讲理又暴力的汤可。

汤可不信，他转身走向西迪家的牛棚，发现西迪家的牛果然都老老实实地待在牛棚里。汤可回到家，才发现自己家的牛都不见了。汤可大骂妻子："你这个没用的东西，自己家的牛都认不出，现在什么都没有了。"他一边骂，一边对妻子拳打脚踢。愤怒使他昏了头，他一下拔出了腰间的剑，刺向了妻子，鲜血从妻子的身体里流了出来，很快她就死了。

汤可杀死妻子的事传遍了整个村庄，最后连国王也知道了。汤可被押到了王宫，国王问他："你为什么要杀死自己的妻子？"汤可向国王讲述了整个事情的经过。

国王又问："可是你原来穷得什么都没有，那十一头牛是哪来的呢？"

汤可回答："当然是我用劳动换来的。"

国王见汤可不肯说实话，命卫兵搬来了刑具，吓得汤可赶紧把骗西迪马的事交代了。

国王听后，命人把西迪带到了王宫，国王问西迪："你有丢过马吗？是怎么丢的？"

西迪把汤可骗走他的马的整个经过详细地告诉了国王，国王知道了西迪没有把这件事说出去的原因后，对西迪的为人大加赞赏，任命西迪为王宫的司库，而汤可则被关在监狱里，判了死刑。

阅读点睛

此处国王对西迪和汤可的判决形成了鲜明的对比，他们的人品早已决定了他们的结局。

第二天，汤可就要被处死了。他被绑在一个木桩上，没有人同情他。但是，善良的西迪却找到国王向他恳求道："尊敬的国王，请给汤可一次改过自新的机会，饶他一命吧。"国王坚定地说："汤可杀了人，这是他应得的惩罚。如果他仅仅是偷了你的马还不足以处他死刑。但是他杀死了无辜的妻子，谁也不能替他求情，法律是公正的。"

国王说完，便下令处决了汤可。

品读赏析

故事里的西迪和汤可作为多年的邻居，西迪常常忍让，而汤可却处处刁难。经历了偷马事件和杀妻事件，西迪仍为汤可求情，相信他会改过自新。西迪的善良和大度让我们称赞。生活中，我们会遇到西迪这样善良忍让的人，也会遇到汤可这样见利忘义的小人。我们要努力向西迪看齐，学习西迪身上的优良品质，和身边的人友好相处。

拓展延伸

刑罚方式

自古以来，为了惩罚罪犯设定了各种刑罚方式。在古代，刑罚的方式一般分为死刑和奴役。死刑是最严厉的刑罚方式，因为死刑在惩罚了那些穷凶极恶的罪人时，也给他们的家人带来了一些负面的影响，比如受到社会的歧视。世界上各个国家对待犯人的判罚都有不同的标准。当前有些国家已经废除死刑，有些国家减少了死刑的判罚，但是有一些国家因为不同的历史文化传统和社会情况还是支持死刑的。

豪萨人傻娃

有个豪萨人,他的名字叫作傻娃。他一直想出去闯荡,当商人,做生意,赚很多的钱,住奢华的房子。傻娃琢磨了很久,终于在某一天,下定决心,真的要出去赚钱了。

傻娃听说约鲁巴王国的人都很有钱。傻娃想:有钱人多,那他就好赚钱啊。

傻娃抱着赚大钱的心思,直接去了约鲁巴王国。

但是傻娃忘记了最重要的一点,他不懂约鲁巴语,约鲁巴王国的人也不懂豪萨语……其实就算傻娃记得这一点,他也不会在意。

傻娃走了很久,很久,终于走到一座城门前。

傻娃看着高大的城门,感慨了一句:“真精神!”这时,一个赶着一群牛的放牛人迎面走了过来。傻娃看着这么多牛,非常羡慕,想知道这些牛是属于谁的,于是他走了过去,问道:“这些牛,是谁的?”

放牛人诧异地看着傻娃,他听不懂傻娃在说什么,就问道:“你在说什么?”

放牛人说的是约鲁巴语,傻娃自然是听不懂,他却武断地认为,这些牛是属于一个叫“你在说什么?”的人的。

傻娃非常羡慕地说道:“‘你在说什么?’一定是个大富豪啊!”

放牛人摇摇头，他还是听不懂傻娃在说什么，就赶着牛群走了。

阅读点睛

此处运用了夸张的写作手法，用傻娃夸张的动作反衬房子的奢华，同时也讽刺了傻娃的愚蠢。

傻娃没有理会走开的放牛人，兴致勃勃地走进城门。进城后，没走多远，傻娃的嘴巴就张得可以塞进一个鸡蛋，他看见了什么？快瞧瞧他看见了什么：

一栋又宽又高的房子。

“哦，这房子真是太美太大了！”傻娃跑到房子前感叹地说道。他长这么大，还是第一次见到这么好的房子。

“可爱的男孩啊，这栋房子的主人是谁啊？”傻娃看见房前站着一个男孩儿就问道。

“你在说什么？”男孩儿疑惑地反问。他听不懂傻娃在说什么，因为他不懂豪萨语。

傻娃再次听到了“你在说什么？”这个句子，他更加兴奋了，说道：“‘你在说什么？’这个人一定是这里最大的富豪。对，对，只有这样的人才能住这种酋长才能住的房子。他一定是这个城市里最有钱、最有权势的人！”

傻娃为自己第一次进城就知道了这么有钱有权势的人而高兴。他蹲下身子，系紧了鞋带，他要跑远点，看看能不能再遇见什么新奇的事情。傻娃一口气跑到了城外的大河边，正好看见了一条满载货物的大船正在缓缓地靠岸。

读书笔记

船上的货物闪烁着耀眼的光芒，傻娃不禁感慨道：“太美了！”傻娃在心里暗暗地猜想，这些贵重的货物是属于谁的。

此时，船已靠岸，船上的水手有条不紊地往岸边搬运货物。傻娃走上前，问道："这些货物的主人是谁啊？"

水手看了一眼傻娃后问道："你在说什么？"水手也不懂豪萨语。

傻娃一听，吃惊地吐了吐舌头，惊叹道："天哪！'你在说什么？'真是个大富豪啊！这城里到处都是他的财产！老天爷啊，求您了，就让我看一眼这位大富豪吧！哪怕只是远远地看见他穿什么样的衣服都行。"

阅读点睛

可见傻娃已经对这位名叫"你在说什么？"的富豪的存在坚信不移，并且非常羡慕。

傻娃恳求了许久，老天爷都没有给他回应。无奈之下，傻娃回了城。当他走到城门口的时候，正好看见一群人抬着一口棺材，后面跟着一群哭哭啼啼的送葬人。傻娃站在一旁看了一会儿，他在想是谁去世了呢？

傻娃走过去向送葬队伍中的一位老妇人问道："请问，是谁离开了我们呢？"

老妇人看了看傻娃，说道："你在说什么？"老妇人也不懂豪萨语，所以她根本不明白傻娃在说什么。

再一次听到熟悉的"你在说什么？"这句话，傻娃高兴得手舞足蹈，这位叫"你在说什么？"的富豪死了，真是太好了！他有数不尽的财富。天哪！他死了，他的财富就没有主人了……想到这里，傻娃撒腿就往城里跑，一边跑一边喊道："'你在说什么？'死了，他的财富没有主人了。就算有人继承了他的财富，那也花不完哪！天哪！这是上天给我的好机会，让我第一次来到这里，就遇见了这天大的好事！想必，现在城里的每一个人都在盘算着分割这位富豪的财产呢！天哪！我什么都不想要，我只要那栋大房子，有了房子我就可以住下来了。我一旦住下来，就会赚到很多很多的金钱，成为像那位‘你在说什么？’一样的富豪。天神哪！您对我真是太好了！我这就去接收那栋大房子，谁要是拦着我，我就大声地告诉他，这是上天送给我的！”傻娃越说越兴奋，越兴奋跑得越快，想必很快就会到达大房子那里。

阅读点睛

语言描写，突出了傻娃的兴奋之情。

傻娃最后的结局，不用多说，大家一定会猜到的。傻娃的行为就像一句谚语：头撞树，注定会头破血流。

品读赏析

这是一个具有教育意义的非洲民间故事。故事通过豪萨人傻娃到约鲁巴王国的所见所闻所行，来告诉大家一个道理：做任何事情之前，一定要做好充足的计划和准备，不能像故事中的傻娃一样想当然，不去考虑实际情况就盲目地去做事。故事的结局是开放式的，留足了悬念，但这个悬念的答案又是显而易见的，让读者在轻松一笑的同时，又能回味故事中蕴含的小道理。

拓展延伸

豪萨人

豪萨人是使用豪萨语的西非民族之一，主要分布在尼日利亚西北部和尼日尔南部地区。豪萨人主要种植高粱、玉米等作物，精耕细作，实行轮种，肥料主要来源于富拉尼人的牛粪，他们的农业形式属于集约型农业。豪萨人的手工业发达，工艺品种类繁多，如制造皮革产品、制作银器等。

一个智者

有一天，一个人带着一头毛驴从乡下来到城镇，毛驴身上绑着两捆木柴。乡下人牵着毛驴在城镇里一边走一边吆喝着：“卖木柴嘞！”可是过了好久，也没有一个顾客买木柴。乡下人感觉有些疲惫，刚要坐下歇息，就过来一位买木柴的顾客。两个人讲好价格后，买家交了钱，嘱咐乡下人把所有木柴送到自己家里去。

乡下人赶着毛驴，一路唱着歌，和买家一同回了家。当乡下人看见一座富丽堂皇宛如皇宫般的庭院时，他震惊极了。乡下人和买家走进正厅，一股诱人的饭香扑面而来，原来是仆人们在准备午餐——整整一大盆鸡汤，里面还炖着两只肥美的鸡。

乡下人不自觉地放慢了脚步，眼巴巴地看向汤盆里的两只大肥鸡。主人见状，对乡下人说：“咱们先把木柴送到院子里摆好，然后一起享用午餐吧。”

乡下人收到主人共进午餐的邀请，愉快地牵着毛驴去了院子。他从毛驴身上卸下所有的木柴，然后

读书笔记

阅读点睛

“放慢了脚步”“眼巴巴地看向”，侧面表明乡下人生活贫困，没吃过如此好的午餐。

仔细地将木柴整整齐齐地摆放好。乡下人将毛驴拴在院子里，自己来到饭厅。主人叫他不要客气。仆人们摆上许多美味的食物，看着满桌的可口佳肴，乡下人丝毫不拘谨，大吃大喝起来。主人吃一碗饭，他能吃三碗饭。用过午餐后，乡下人感谢主人的盛情款待，并说道："好朋友，您是做什么的呀？生活得这样好。可不像我，三十年来一直以砍柴为生，从未吃过这样的美味佳肴。"

主人只是笑了一下，问乡下人："你想变得和我一样吗？"

"当然啦，不过我可以吗？"乡下人急忙问他。

"当然可以，而且一点儿都不难。"

"请您赶快告诉我吧。"

"其实很简单。首先你要卖掉你的毛驴，然后为自己买一身衣服：黑色的长褂子、宽松的裤子和一顶白色的帽子。你还要为自己买一本阿拉伯语的智者书。然后，你穿上这身行头，手中捧着书，在家门口立一块牌匾。牌匾上写着'我是个充满智慧的人，只需将我请到您家，我就可以帮您解决一切烦恼'。"

乡下人觉得主人的话非常有用，于是拜别主人回到家后，他卖掉了自己的毛驴，按照主人的话，实施"智者计划"。同村的人看见他这样做，都说他很愚蠢。然而面对乡亲们的挖苦，他丝毫不在意，依旧每天手捧智者书，一页一页地翻看，嘴中还念念有词地说一些奇怪的语言。

日子就这样过去了，没有一个人上门请他解决烦恼。一天，同村的人去城里卖东西，恰巧碰见一位老者，老者正因为找不到自己的三头驴而不知所措。同村的人告诉老者："老先生，我们乡下有一个'智者'，他说自己可以帮助别人解决一切烦恼，您或许可以去请他帮忙。"

这个老者是一位很有威望的富人，一听说有人能找到他的驴，立即乘坐马车来到智者家中。老者告诉智者自己丢失三头毛驴的事情。

智者告诉老者："让我去你家想想办法吧！"说完便带着自己的弟弟同

老者坐马车离开了。兄弟两人坐在豪华的马车上,不停地四处张望,这是他们第一次坐这么好的马车。到了老者家,老者请两人先到客厅休息一下,客厅旁边就是厨房。当智者坐在客厅想着自己要怎样帮助老者解决问题的时候,仆人们端上了白饭。智者看着白饭,告诉弟弟:“这是其一。”其实他是想说,这白饭是款待客人的第一礼。

可是仆人的脸色突然变得煞白,眼神飘忽不定,浑身颤抖,因为他就是其中一个偷驴人。他以为智者发现了他的秘密,说他是其一。他一路跌跌撞撞回到厨房,找到另外两个偷驴者:“糟糕了,我们偷驴的事情好像败露了,刚才智者说我就是偷驴者之一。”

另外两个人说:“现在我们要做些什么呢?”

这时,主人突然叫仆人为客人送水,于是另外两个人中的一个手捧水壶来到客厅,恭恭敬敬地为智者倒水。那个仆人正要离开的时候,智者告诉弟弟:“这是其二。”智者的意思是饭后进水是招待客人的第二礼。仆人走回厨房告诉同伴们自己也被智者发现了。

三个偷驴者预感事情不妙,赶紧商量对策。但是讨论了半天,他们也没想出任何好办法。之后,第一个偷驴者说:“我们可以逃跑,可是能逃到哪里?以后我们又该怎么办呢?所以我们还是主动找智者承认错误吧。”另外两个偷驴者非常同意他的话,于是三个人走进客厅来到智者面前,坦白了他们偷驴的始末,并送给智者 20 枚金币。他们告诉智者,驴就拴在后面山头的树林里,恳请智者不要告诉主人是他们偷的驴。智者接过金币答应了三人的恳求,偷驴者们十分感谢智者,然后回到了厨房。

智者依旧坐在客厅翻看着自己的智者书,仿佛什么事都没有发生过。不一会儿,老者来到客厅,礼貌地问智者:“智者先生,我冒昧地问一下,您什么时候才可以帮我解决烦恼,找到我的三头驴呢?”智者听后笑了笑,说:“老先生,从进您家开始,我就已经知晓您的驴在哪里了。但是因为您对我的盛情招待,而一直没有给我说出真相的机会。现在,我要把三头驴的位置告诉您——它们在后面山头的树林里。”

老者立即吩咐两个仆人和自己去后山。他们匆匆忙忙地来到树林里，果真找到了老者的三头驴。老者和仆人们高兴地牵着驴回到家中，连连称赞智者真是一个富有智慧的人。作为报酬，老者送给智者20枚金币，并亲自赶马车送智者兄弟俩回家，临走时老者说：“智者先生，我以后一定会常常来拜访您的。”

品读赏析

三个偷驴之人做贼心虚，不堪一击，所以不打自招，主动向智者承认自己的错误，并说出藏驴的地点。其实，在生活中也有一些人，因为私下做了坏事，遇到一点风吹草动就把自己吓得不轻。因此，我们做事要光明正大，言行端正，这样才能问心无愧，对得起自己。

拓展延伸

中国援非教育

教育可以减少贫困、改善健康、增进社会和谐。然而，非洲的教育水平与联合国《达喀尔行动纲领(2001—2015年)》设定的扩大和改善幼儿保育工作、普及初等教育、促进终身学习、实现文盲减半、确保性别平等和提高教育质量的全民教育六大目标做对比，仍极其落后。中国秉承共商、共建、共享的原则，援助非洲教育，包括建设校舍、开办技术学院等，为非洲培养了数十万名技术人员，有效地推动了非洲教育的发展。

情节档案

✲ 请仔细阅读《一个智者》，在横线上填写文章的脉络。

起　因：

经　过：

高　潮：

结　局：

两个扒手

阅读点睛

交代故事的起因，引起读者强烈的共鸣和好奇心，吸引读者继续阅读。

很久以前，有一个名叫道杜的小偷，这一天他来到了卡诺镇的集市，准备偷点儿东西。正当他四处游荡的时候，他看见了好友丹尼亚，丹尼亚也是小偷。但今天的丹尼亚非常奇怪，他坐在集市边上，嘴里念念有词。

道杜走到丹尼亚面前，好奇地问道："嘿，朋友，你今天怎么啦？竟然像一个绅士一样坐在这里。说吧，又有什么坏点子啦？"

丹尼亚这才有点反应，不耐烦地回答道："你什么都不知道，凭什么说我在想坏点子？"

"哈哈，丹尼亚，我的朋友，我们都是小偷，谁还不了解谁呢？当一个小偷远离人群静坐，那么一定有情况。难道你发了大财，不用做这一行啦？我先跟你交个底，我是因为这里的赛马场要举办赛马活动才来的。马上这里就全是达官显贵，这可是个千载难逢的良机啊！"

"这种好事就留给你自己吧，我早就金盆洗手了。

读书笔记

你要知道，我现在每天只向神明祷告，不再做多余的事。我已经醒悟：如果我不及时悬崖勒马，那么很快就会遭报应的。”

“什么？你怎么会产生这样的想法呢？太不可思议了！如果你不做小偷，你以什么为生呢？”道杜非常惊奇。

“我可以依靠自己的头脑挣钱呀。我如果能够充分利用自己的聪明才智，自给自足肯定没有问题。”

“这么说你是真的下定决心不做小偷啦？大家都知道这个消息了吗？快说说你有什么发财的好主意，可千万别骗我啊！”

丹尼亚故弄玄虚地说道：“我不是说了吗？我不再做小偷了，已经离开小偷这个圈子了！我好不容易才知道如何利用聪明才智赚钱的。如果轻轻松松地告诉你，那岂不是太随便了？如果你还当我是朋友，就快走吧，走得越远越好，然后把你获得的财物给我，我可以帮你保管。总之，不要想在我这里空手套白狼。”

“也就是说，我需要给你交点学费才可以学习发财的好主意？”

“没错。”

道杜兴高采烈地走了。他很快就融入集市的人海中并找到了一个倒霉蛋，偷了他的钱交给丹尼亚。丹尼亚毫不客气地收下了。道杜又钻回人群，不光是钱，值钱的衣帽、饰品他也没放过，这些最后都被丹尼亚收入囊中。

就这样，道杜每次都会把偷来的钱和物品交给丹尼亚，而这时丹尼亚就会鼓励道：“我的朋友，你真棒，不过距离我的要求还差得远呢。千万不要只看到眼前的这些小钱，等你得到聪明才智之后，收获的将是金山和银山，相信我肯定没错的！”

有一回，道杜如往常一样向丹尼亚上交财物，然后小声说：“朋友，最近我发现这个卡诺小镇管得很严，集市上经常会有警察前来巡逻。这些警察可是我们的天敌，而且已经有同行被抓起来了。这里太危险，我想走了。”

丹尼亚不以为然道："总是畏畏缩缩的像什么话？你一直这么胆小，怎么能学到智慧、掌握发财的技巧呢？你仔细地想想吧！"道杜听了丹尼亚的话，就回到集市继续偷东西。

丹尼亚看道杜快回来了，就叫来一个相熟的警察。两人秘密地谈了很久，然后警察就用手铐和绳子将丹尼亚的双手双脚绑住，用手狠狠地打他，疼得丹尼亚哇哇乱叫。丹尼亚边哀嚎边求饶："警察先生饶命啊，这些跟我没关系，我只是帮别人看管一下！"

此时，道杜收获满满地来找丹尼亚，发现情况不对，转身准备跑路。丹尼亚也看到了他，高声喊道："道杜！我的朋友！你别跑，把你的东西拿走！"

"什么东西？我不知道！你不要乱说！"

"道杜！你别想跑！你是不是看到警察先生在这里，就想抛下我自己逃走？"

道杜故作镇定地说道："我不知道你说的是什么东西？而且你为什么要说我逃走这样的话？我刚从集市出来准备回家，根本听不懂你在说什么！你不要做了坏事就想攀扯我。"

丹尼亚还是那副慌乱的表情："道杜，你之前不是让我帮你保管这些东西吗？看在以往的交情上，我不想把你告上法庭，那样你就无从狡辩了！"

"我根本没给过你什么东西，你要去法庭就去好了，到时候法庭查不出什么，你就知道后悔了。"道杜放下狠话就走了。

道杜已经走远了，丹尼亚抬头看着警察说道："快把手铐打开！"

警察先生只是和丹尼亚认识，但是两人之间并没有什么深厚情谊。他看着丹尼亚旁边的一大堆钱财，眼珠一转，想把丹尼亚押送法庭，用来换丰厚的奖金。警察义正词严地说道："把手铐打开？别开玩笑了！我怎么可能让一个小偷逍遥法外？这可是违反上级要求的！"警察边说边把束缚丹尼亚双脚的绳子打开，转而系到了他的脖子上，然后将他押送到法庭。

法庭里的法官威严地询问事情的经过，丹尼亚首先一脸委屈地说：

“法官大人，我冤枉啊。您不如询问一下旁边的警察先生，他是用什么罪名逮捕的我？”

法官说道：“警察先生，您不如说一说他的犯罪过程。”

警察于是将丹尼亚如何和他串通以及丹尼亚和道杜两人的对话全部重复了一遍。

此时已是傍晚时分，集市上早已人去街空。法官将从丹尼亚身上没收的金币和东西举了起来，用铿锵有力的嗓音问：“有人来认领这些东西吗？”无人应答。就这样，法官环绕集市问了很久，也没有人前来认领失物，只好对等在一旁的警察说：“警察先生，你要知道，没有人承认物品丢失，在法律上是不能认定丹尼亚先生犯罪的。办案要有证据，不能只靠联想。您还是解开他身上的束缚吧，他一定非常不舒服。”警察没有办法，只得听从法官的建议，打开了丹尼亚的手铐和绳子。

丹尼亚重获自由。他先是按摩了一下脖颈和手腕，然后双膝跪地痛苦陈词：“法官大人，我要上诉，请您千万要为我做主。这位先生仗着自己警察的身份，在众目睽睽之下诬告我是小偷，我以后还怎么见人哪！”警察听后瑟瑟发抖，悔不当初。

法官斟酌了一下，对此时的原告说：“丹尼亚先生，得饶人处且饶人，还是算了吧。我希望你们能够化干戈为玉帛。警察先生也一定知道错了，以后不会再这样了。”

丹尼亚对法官十分信服，听从了法官的劝告：“法官大人，您说的真是太有道理了。既然您是这样想的，那么我也没有什么异议了。”丹尼亚起身自然地接过法官拿着的金币和东西，准备回家。他走了几步，就看到了等在一旁的道杜。道杜笑着说：“我的朋友，你受到了什么惩罚？”

“惩罚？怎么可能！你看我手里的是什么？”丹尼亚非常开心。

“天哪，你可真有一套！朋友，我们尽快分掉吧！”道杜略显焦急。

丹尼亚瞥了瞥道杜，不客气地说：“你说什么呢？我的朋友，你怕不是有什么误会吧？一开始我就和你说了，我已经不做小偷了，我要用我的聪明才智赚钱。现在你看到了吧，今天这个只是最简单的一个技巧。当然，如果你求我指导，我还有很多别的手段！”

道杜没有再听丹尼亚的话，而是转身离开了。他知道在不久的将来，丹尼亚所谓的“聪明才智”一定会被别人揭穿，而那时可不会像今天这样好脱身了。

品读赏析

本故事中的两个主人公——道杜和丹尼亚，从事的是一种特殊的职业：小偷。当小偷当然是不对的，但是像丹尼亚那样所谓的“金盆洗手”更加不应该。因为他并没有真心地反省自己偷窃的错误，而是利用自己的小聪明进行更“高明”的偷窃。就像道杜最后想的那样，丹尼亚以为能将他人玩弄于股掌之间，但是天网恢恢疏而不漏，他终有一天会翻船。到那时，后悔就来不及了。

拓展延伸

扒手知多少

扒手有好几种叫法：三只手、小偷和贼等。其中三只手什么都拿；小偷指普通的窃贼，通常出现在车站、码头、车上、船上等地；而贼是这些称呼的总称。无论各地的叫法如何，总之人们的财产安全受到威胁，社会治安被扰乱。这些偷盗者终将受到法律的制裁。

膝盖生的女儿

从前，有一个男人独自生活了五十年，一直没有结婚生子。直到有一天，他发觉自己走起路来不利索了，生起病来也没人喂药倒水，一种凄凉之感油然而生。于是，他真心地请求天神："万能的神哪，信徒向您祈求一个小孩，我愿意付出任何代价，即使让我腿上长包也在所不惜。"

数月之后，男人的左腿膝盖先是开始红肿，然后迅速扩大，很快变成一个硕大的脓包。脓包每天都在折磨他，让他寝食难安，严重的时候连起身都做不到。后来，他忍无可忍，用针戳向脓包。脓包破裂之后，一个可爱的、美丽动人的小女孩顺着血水流了出来。他知道，这是天神回应了他的请求，赐予他一个珍贵的女儿。男人激动地感谢天神。

小女孩当时年纪还小，非常活泼可爱。男人特别宠爱女儿，每天悉心照料，四处搜罗美食。时间飞逝，小女孩转眼已经成长为一位美若天仙的少女，男人也越来越喜爱她，将她看成自己的珍宝。

阅读点睛

通过"走起路来不利索""生起病来也没人喂药倒水"两个短句，男人的孤独和凄凉被写得惟妙惟肖，一个独居男人的形象浮现于眼前。

读书笔记

有一天，父女俩谈话时，男人忽然说道："女儿，我不在家的时候，总是担心你独自一人会有危险。为以防万一，我决定建一个更安全的新家。"

男人慎重地选择了一个风水宝地，然后在这里建造了新家。新家外面共设置了十二扇一模一样的大门，其中只有一扇门是真的，另外十一扇门都是迷惑坏人的屏障，这样就能够最大限度地将坏人挡在门外。男人带着女儿搬了进去，郑重地嘱咐女儿："女儿，我出门都会把大门紧锁，听到敲门声千万不要理睬，有陌生的声音跟你说话也不要回答。"女儿点点头，表示明白了。

男人又叮嘱道："如果是爸爸回来了，爸爸会和你对暗号。"

孩子啊，孩子啊，
我的好孩子啊！
爸爸买了好吃的，
快让爸爸进来吧。

女儿又乖巧地点点头："知道啦，爸爸！"

从此以后，男人外出回来都会先和门里的女儿对暗号：

孩子啊，孩子啊，
我的好孩子啊！
爸爸买了好吃的，
快让爸爸进来吧。

女儿听到熟悉的声音说暗号，就会起身来到玄关。只要轻踩脚下的机关，就能将门开启。女儿接过男人手里的美食，开开心心地拉着父亲走进房间。

就这样日复一日，男人和女儿快乐地生活在一起。如果男人出门比较频繁，就会带回更多的美食。某个清晨，男人离家之前，又不放心地说："如果和你对暗号的声音不对，千万记得不要开门，否则会有可怕的事情发生。"女儿说："放心吧，爸爸。"

当天中午，男人照常带着美食回家。一个蜘蛛碰巧经过，看到了男人敲门说暗号：

孩子啊，孩子啊，
我的好孩子啊！
爸爸买了好吃的，
快让爸爸进来吧。

话音刚落，一扇大门打开了，走出一位美丽的少女。蜘蛛迅速转身，急匆匆地跑了。大家看到他慌乱的样子，有些摸不着头脑，关心道："蜘蛛先生，发生什么事情了？有什么需要帮忙的吗？"蜘蛛没有停下脚步，只是回头喊道："多谢关心！没事没事！"

蜘蛛一路狂奔来到了王宫，对国王说："国王陛下，我有急事上奏。我今天在外面发现了一个神秘的女子，她的家与众不同：房子外面安装了十二扇大门，只有她的父亲敲门并和她对暗号，才会打开真正的大门；她的父亲进门之后，大门就会自动关闭。最重要的是，我敢保证这是全世界最美丽的姑娘。"

国王听得半信半疑："蜘蛛先生，你要知道对我说谎会有严重的后果。"

蜘蛛信誓旦旦地说道："当然，尊敬的陛下，我永远对您保持忠诚。"

第二天，国王陛下就派人同蜘蛛一起去了父女俩的家，当然，他们只是躲在一旁暗中观察。

没过多久，男人就带着食物回来了，他开始敲门并说暗号：

孩子啊，孩子啊，

阅读点睛

蜘蛛的动作和语言描写，充分体现了此时蜘蛛的急迫，调动了读者的好奇心。

读书笔记

我的好孩子啊！

爸爸买了好吃的，

快让爸爸进来吧。

女儿在室内听到爸爸的暗号，快步来到玄关，轻踩脚下的机关，门就自动开了。国王派来的人终于看到了姑娘的模样，果然美丽动人。美貌的姑娘和男人一起回了房间，大门也自动关闭了。

于是，偷看的一行人返回王宫向国王复命："陛下，那位姑娘确实美若天仙。"

国王笑了："这样貌美的姑娘，我一定要亲自看看。"

蜘蛛趁机说："国王陛下，如果您想看这位美人，我愿意为您效犬马之劳。我们几个人就能让您如愿以偿。"

国王说："好，那这件事就交给你了！"

隔日，蜘蛛领着这几个人又来到了父女俩的家附近，准备强抢民女。他们等到男人离家之后，就走上门前，蜘蛛边敲门边模仿男人说暗号：

孩子啊，孩子啊，

我的好孩子啊！

爸爸买了好吃的，

快让爸爸进来吧。

门里的少女听到敲门声，连忙来到玄关，却并没有轻易开门，因为她发现刚刚的暗号声有些陌生。她站在门前，没有轻举妄动。

蜘蛛等了一会儿，面前的门却没有打开，又尝试敲了两次门，暗号说得也越发逼真。

等到蜘蛛第三次尝试时，少女终于被骗到了，她轻踩机关打开了紧闭的大门。早就等在门外的那些人趁机抓住了少女，骑上马狂奔回宫。

等男人回到家，发现家门大开，大惊失色，连忙冲进房间寻找少女，却没有找到。他又冲到外面，大喊少女的名字。风呼呼地刮着，卷起的沙石疯狂拍打他的身体；暴雨打得他睁不开眼，路上已经没有别的行人；慌乱中他被尖利的野草划破了伤口。男人此时已经感受不到疼痛，一心只想着找到心爱的女儿。不知过了多久，男人终于筋疲力尽，倒在了路边。

第二天，一位拾柴的阿婆看到路边遗留的血迹，一路寻找，发现了晕倒在地的男人。此时的男人衣着不整、伤痕累累，看起来非常可怜。阿婆看着男人，有些害怕："难道是恶魔下山了？"

此时男人刚好迷迷糊糊地醒了过来，听到阿婆的喃喃自语，对她说："阿婆，您放心，我是人，不是山上的恶魔。"

阿婆好奇地问："那你为什么睡在路边？是什么让你即使被风吹雨打、野草划伤，也不回家呢？"

男人伤心地回答："阿婆，一言难尽哪！我独自生活了五十多年，一直没有结婚生子。随着年龄的增长，我越发觉得一个人生活太凄凉，生起病来也没人喂药倒水。就这样，我向天神祈求一个孩子，为此我愿意付出任何代价。没过多久，我的左腿膝盖先是开始红肿，很快长成了一个巨大的脓包。脓包疼得我寝食难安，后来，我忍无可忍，拿针戳破了脓包。脓包破裂之后，天神赐予我的宝贝女儿顺着血水流了出来。我每天悉心照料，很快她就长成了一名妙龄少女。我担心她被人抢走，于是我们搬到了人烟稀少的乡村，在那里建了一个安全的新家。我会将大门紧锁再出门，然后带着好吃的食物回来，边敲门边和她对暗号，听到暗号女儿才会打开大门。就这样日复一日，我和女儿快乐地生活了许久。直到昨天，有坏人不知怎么知道了我们的暗号，趁我出门的时候假扮成我，模仿我的声音叫门。我单纯的女儿果然被骗了，不知被带到了哪里。等我回到家时才发现家门大开，女儿失踪了。我顶着狂风暴雨找了好多地方，最后筋疲力尽，晕倒在这里。刚刚醒来遇到阿婆，真是太幸运了。"

阿婆听了非常感动："快从地上起来吧，我先带你回家，然后再想想办法。"

阿婆边说边整理好拾来的木柴，带着男人回了家。回家之后，阿婆首先帮男人整理了外表，又是洗澡又是剪头，还给他找来了一套新衣裳。然后为他做了一桌好菜，男人总算不用再忍饥挨饿了。

第二天一大早，阿婆和男人说："我教你一个办法，你从今天开始上街贩卖鲜花，不要停留在一个地方，而是要走访附近所有的城市、街道和小巷，在卖花的过程中寻找你的掌上明珠。如果你不怕辛苦、一直坚持，不久的将来肯定能够找到你的女儿。"

男人听从了阿婆的建议，采购了整整一篮的鲜花，准备上街叫卖。临行前，男人感谢了好心的阿婆。阿婆意味深长地说："去吧，天神会保佑你的，你的女儿在等着你。"

男人说："承您吉言，大恩大德，没齿难忘。"

男人辞别了阿婆，在各个城市之间穿梭，每天都在大声叫卖：

卖花啦卖花啦，
快看漂亮的鲜花啦！
可怜的花匠找女儿，
和鲜花一样漂亮的女儿！
如果女儿听到了，
快来看看爸爸吧！

男人用了一个月的时间，走遍了附近所有的城市，踏遍了城市里所有的街道，寻访了街道上所有的小巷，问过了小巷里所有的人家。他的花篮满了又空，空了又满，就这样坚持不懈地叫卖。很快，全国各地都留下了他的脚印和叫卖声，只剩下首都还没有去过。

这一天，男人来到了王宫所在的首都，如往常般沿街卖花，一直卖到了王宫脚下。男人高声呼喊：

卖花啦卖花啦，
快看漂亮的鲜花啦！

可怜的花匠找女儿，

和鲜花一样漂亮的女儿！

如果女儿听到了，

快来看看爸爸吧！

巧的是，男人的女儿此时正躺在宫殿里哭泣。姑娘在被掳来的一个多月里，每日以泪洗面，非常想念父亲。此时她隐约听到王宫外传来熟悉的声音，连忙止住了眼泪，全神贯注地倾听：

卖花啦卖花啦，

快看漂亮的鲜花啦！

可怜的花匠找女儿，

和鲜花一样漂亮的女儿！

如果女儿听到了，

快来看看爸爸吧！

姑娘又听了一会，然后从床上坐了起来。一旁的侍女们早就发现姑娘停止了哭泣，倾听宫外的卖花声。姑娘看起来很感兴趣，侍女们于是前去请示国王。国王早在姑娘刚刚进宫时，就嘱咐过她们，只要姑娘从床上起来，开口说话，就立刻禀告给他，务必满足她的所有心愿。

国王问："你们突然求见，发生了什么事？"

侍女答："姑娘刚刚听见宫外的卖花声，不再躺在床上流泪。我们想，她对那些花可能感兴趣。"

国王说："快去宫外把那位卖花的男人叫来。"

男人被宫人带了进来，他在姑娘的宫殿外面停住了脚步，抬起头大声喊道：

卖花啦卖花啦，

快看漂亮的鲜花啦！

可怜的花匠找女儿，

和鲜花一样漂亮的女儿！

如果女儿听到了，

快来看看爸爸吧！

姑娘近距离地听到了熟悉的声音，激动地下了床，来到宫殿的正中间。这是一个多月来，她第一次离开卧床。侍女们询问道："姑娘，陛下让人将那位卖花的男人带到了外面，需要我们去挑选一些吗？"

姑娘强忍激动的心情："不了，我想亲自看看那些花，你们挑选的我不喜欢。"

侍女们又去请示国王陛下。

国王说："她进宫之后，每日郁郁寡欢，连看都不看我一眼。不成想一个不起眼的卖花的男人竟然让她改变了态度。如果这是她的心愿，她想亲自买花，那就听她的。"

姑娘终于出了门，走到了父亲面前。卖花的男人看到日思夜想的女儿，终于忍不住了，他丢下手中的花篮，和女儿相拥而泣。

随侍姑娘的侍女们面面相觑，呆立在一旁不知道该怎么办。

赶来的国王看到这一幕，惊怒喝道："刚才发生了什么？你们在做什么？"

姑娘回答他："陛下，他是我的爸爸。当初您就是在我爸爸建造的房子里掳走了我。"

国王这才明白过来，他对男人低头鞠了一躬，希望他能原谅自己当初的鲁莽。

男人并没有接受国王的道歉："我孤独地生活了五十多年，承蒙天神保佑，赐予了我一个活泼可爱的女儿。为了保护她，我们从城市搬到了乡村，每天过着深居简出的安宁生活。没想到，一群可恶的强盗，竟然趁我不在掳走了她。您不知道失去唯一的亲人的感受，简直痛不欲生。您难道不是一个受人爱戴的国王吗？怎么能做这种因为一己私欲就强抢民女的事呢？"

国王并没有对男人的不敬言辞表示不满，反而愈发的感到抱歉。国王说："我很抱歉，希望您能给我一个机会补偿您。给您一个官位如何？"

男人拒绝："我不需要官位，请把女儿还给我。"

国王又提议："那让您做市长呢？"

男人拒绝："我不想当市长，市长之位根本比不上我的女儿。"

国王真诚地说："天神做证，我希望能够迎娶您的女儿，希望您能同意。"

男人终于被国王所打动。他知道女儿已经成年了，总是要结婚生子的。而国王的条件很好，对女儿也真心实意，这确实是一桩好婚事。

很快，国王就和姑娘举办了婚礼。姑娘成为了这个国家的王后，姑娘的父亲也成为了一个城市的市长。就这样，父女俩都过上了快乐的生活。

品读赏析

读完这个故事，我们都会被男人和姑娘之间浓浓的父女之情所感动。尤其是父亲对女儿无畏无私的爱，让人不禁联想到我们自己的父亲。高尔基说："父爱是一部震撼心灵的巨著，读懂了它，你也就读懂了整个人生！"我们看到的父亲通常都是严厉的、不苟言笑的，但是，如果多观察一下，就会发现父亲的目光总是围绕着我们，里面满满的都是温暖和爱护。

拓展延伸

古代非洲国家

非洲大陆古代国家的出现与发展，与其他大陆相比，是非常不平衡的。从整体上看，呈现出北高南低的状态。也就是说，非洲北部的国家组织出现得早，且一般相对比较发达，例如古代埃及，它是世界上最早出现的国家之一。越往南，国家组织出现得越晚，且发展程度越低。

人物特写

请写一写，你对下面人物的理解。

姓名：女孩

特点1：________________________________

____

____

特点2：________________________________

____

____

姓名：国王

特点1：________________________________

____

____

特点2：________________________________

____

____

胆小的王子

在很久很久以前，有一个古老的王国，这个王国的国王既诚实又勇猛。随着时间的推移，国王的年纪越来越大，身体也越来越差。为了这个国家和人民，国王打算让自己的儿子辛塔亚霍王子继承自己的王位。辛塔亚霍王子是一位非常优秀的小伙子，他聪明、阳光、温和，所有人都很喜欢他。但美中不足的是，王子很胆小。如果有声音突然响起，他就会被吓到。

阅读点睛

点题，指出王子的性格弱点——胆小，为下文的故事发展埋下伏笔。

有一天，国王命令王子去森林里捕猎一只野兽。王子不敢违背国王的命令，便独自一人走进了森林，但是他很害怕。为了让自己慢慢适应森林这种环境，他打算先在树上睡一觉。不一会儿，他就沉沉睡去了。

读书笔记

突然，一声巨响把他惊醒了，王子被吓坏了，不小心从树上掉了下来。这时一只正在奔跑的毛茸茸的动物路过，王子恰巧落在了它身上。他牢牢地抓住它，并且一直大叫："哇啊啊啊啊啊……"其实这只动物是鬣狗。它驮着王子穿过森林，来到了另外一个王国。最后，它停在了一座城市的大广场上。广场上的人们惊讶地看着鬣狗和王子。王子有些骄傲，他像玩儿一样轻松地骑着鬣狗，大声说："你们为什么对我骑在鬣狗背上这件事感到这么惊讶？事实上，我更喜欢骑着狮子出来游玩，因为它总会带我回到自己的国家。不过最近我的狮子的腿瘸了。"

这个王国有一个美丽的公主，叫雅图。雅图看到了广场上发生的一切，听到了王子的话。就在这一瞬间，她爱上了这个王子。虽然她并不了解他，不过她知道王子是因为害怕才说那些话的。因为王子坐在鬣狗背上喊出了"哇啊啊啊啊啊……"，这是敌对双方打仗时才会喊的口号。

而当王子看到公主时，也被她的美貌吸引了。不久之后，两个互生爱慕的年轻人打算结婚了。不过，婚礼不得不延后举行，因为国王命令王子去处理一个棘手的问题——杀死一头凶猛的狮子。据说有一个村子被这头狮子袭击，有几个村民被狮子吃掉了。

公主非常了解王子，她知道王子一定非常害怕，所以她让王子喝了很多大麦酒和蜂蜜酒。人们都说如果喝了很多美酒，就会忘记恐惧和悲痛。王子在喝完酒之后果然不再害怕了，他变得非常勇敢，骑着马径直来到了被狮子袭击的村子，还带着大麦酒和蜂蜜酒壮胆。

王子躲在树上等待狮子出现。也许是喝了太多的酒，王子不一会儿就睡着了，还不小心从树上掉了下来。王子的马似乎也和王子一样胆小，它被突然跌落的王子吓得撞到了树上，所有大麦酒和蜂蜜酒都洒了。

狮子恰好在这时来到了村子里，瞬间就被酒香吸引了。它循着味道找到了散发酒香的地方，美滋滋地舔起了洒在地上的大麦酒和蜂蜜酒，不一会儿就醉倒在地，睡起觉来。

王子从地上站起来后，有些迷糊，直接骑到了狮子背上，因为他错把狮子当成了自己的马。王子用力拍了拍狮子的屁股，示意它往前走。狮子受到了惊吓，朝王宫飞奔而去。王子再次大喊起来："哇啊啊啊啊啊……"

最后，狮子驮着王子来到了一个城市的广场上。围在广场四周的人们都惊讶地看着王子和狮子。这时，狮子又疲劳又迷糊，直接瘫倒在地。王子骄傲地说："我本来打算杀死这个袭击村子的罪魁祸首，但是我的马不见了，我只能骑着它回来。"国王看见儿子凯旋，感到非常自豪。

随后，王子和公主举行了隆重的婚礼。为了在王宫里开始幸福的生活，他们决定忘记那段令人胆战心惊的历史。此外，王宫里还有两个家伙——一只鬣狗和一头狮子，不过它们生活在距离王子宫殿非常远的花园里。

品读赏析

这个故事讲述了发生在胆小的王子身上的两件事。他不论是去捕猎野兽，还是去杀死狮子，都感到很害怕。但是，无论王子多么胆小，他都没有拒绝老国王的要求，而且他都成功了。我们应该向王子学习，战胜内心的恐惧，直面学习和生活中的挑战，即使胆小也不放弃。

拓展延伸

鬣狗

鬣狗与狗的体形相似，头部短而圆，脖子很长，脖子后的背中线有长长的鬣毛。身体略短，前肢比后肢强壮，肩膀比臀部高。因此，鬣狗走路的姿势非常怪异，但是奔跑速度极快，每小时可达60多千米。鬣狗多分布在热带和亚热带的稀树草原和荒漠地区，白天常隐匿在茂密的灌木丛中和岩石的缝隙里，夜晚出来觅食。

女孩、青蛙和酋长

在很久以前，有一个非洲酋长，他娶了好几个老婆，每一个老婆都生了一个女儿。有一天，酋长的第一个老婆去世了，她的女儿不得不和酋长的第二个老婆生活在一起。可是，她不喜欢这个小女孩，总是想方设法虐待她。

小女孩很辛苦，每天都有很多事情等着她去做，她要照顾家里的小动物、要去水井边打水、要劈柴。有时候，她还得给家里人做面糊和杂粮饭，事情简直多得做不完。最可怜的是，她在完成一天的工作后，只能吃剩在盘子和碗里的煳锅巴。而这些都是继母要求的。

如果有空闲的时间，小女孩就坐在水井边吃自己找到的食物，她还会把家里人吃剩下的饭菜给生活在水井里的青蛙吃。

就这样，日子一天天过去了。

有一天，邻村的信使带来了一个消息：他们的酋长要在几天后举行盛大的节日晚会。

一天下午，女孩又来到了水井边，她把继母给她的烤煳的锅巴送给了青蛙。这时，一只很大的青蛙从水井里跳出来，说："小姑娘，你明天上午到水井边来，我们会把你打扮成最漂亮的公主，让你去参加邻村酋长举行的盛大节日晚会。"

第二天上午，小女孩刚到水井边，继母的女儿就凶巴巴地对她说："你这个废物，快点儿滚回来。你怎么还有时间去水井边，难道你不用做面糊、不用捣碎粮食、不用捡柴火、不用打水吗？"小女孩只得离开水井边，回家继续干活去了。

而那大只青蛙一直在水井边等待着小女孩。

下午，小女孩终于干完了所有的活，她匆匆忙忙地跑到了水井边。

看见小女孩来了，那只大青蛙不高兴地说："你怎么才来？我从上午就等在这里了！"

"亲爱的朋友，我只是一个奴隶。我的母亲已经去世了，我现在不得不和我父亲的另一个老婆一起生活。她和她的女儿一直让我干活，我吃的食物也是她们吃剩下的。"

大青蛙同情地看着小女孩，说："小姑娘，如果你相信我，就把你的手给我。"

小女孩把手交给了大青蛙，它带着她跳进了水井里。然后，大青蛙张大嘴巴，把小女孩吞进了嘴里，接着又吐了出来。它问围观的青蛙："伙伴们，请仔细看一看这个小女孩，她现在漂亮吗？"

青蛙们讨论了一番，然后说："我们觉得她可以更漂亮。"

大青蛙又一次把小女孩吞了下去，然后又吐了出来。它继续问："请再仔细看看她，现在的她漂亮吗？"

青蛙们又议论起来，最后七嘴八舌地说："她现在非常漂亮。"

读书笔记

阅读点睛

青蛙不寻常的举动非常奇怪，引起读者的好奇，推动了故事情节的发展。

大青蛙听到它们这样说，感到很高兴，它又从嘴巴里面吐出衣服、戒指、手镯和一双漂亮的鞋，不过这双鞋一只是金鞋、一只是银鞋。它对小女孩说："有了它们，你就可以去参加晚会了。不过你一定要记住：当舞者开始退场的时候，你必须得离开，但你要把金鞋留在会场，然后再回到这里。"

小女孩感谢了大青蛙的帮助。她穿上华丽的衣服和鞋，戴上耀眼的戒指和手镯，很快就来到了晚会现场。酋长的儿子一见到小女孩就被她吸引了，他指了指小女孩，并对卫兵说："她让我印象深刻，我不管她是谁，只希望你快点儿把她带到我身边。"

卫兵礼貌地把小女孩带到了酋长儿子的身边。一整晚，两个年轻人都坐在一起聊天。当舞者们开始退场时，小女孩得离开了，但酋长的儿子很舍不得她，并多次挽留她。小女孩无奈地摇了摇头，朝门口跑去，并把那只金鞋留在了会场。

大青蛙已经在水井边等待小女孩了。她一跑过来，它就带着她跳进了水井里。然后，和上次一样，大青蛙把小女孩吞下去，又吐出来。吞吐几次之后，小女孩又变回了那个衣着破旧的穷姑娘。

与此同时，酋长的儿子对父亲说："爸爸，我今天认识了一位年轻女孩，我想和她结婚。她穿着一双特殊的鞋，一只鞋是金子做的，另一只鞋是银子做的。在她离开之前，她把那只金鞋落在了这里。"

听了儿子的话，酋长命人把本村和邻村的姑娘们召集在一起，问她们是否有一双金银鞋，并让她们试穿这只金鞋。但是，没有人能穿得上这只金鞋。突然，有一个声音响起："水井边的小女孩还没有来。"

于是，大家一起去了水井边。酋长的儿子看到了自己的心上人，他跑到她身旁，帮她穿上金鞋，并带她回了家。

不久，小女孩就要出嫁了。大青蛙对附近的所有青蛙说："我的女儿要嫁人了，我希望你们都能为她准备一件礼物。"青蛙们认为理应如此，它们从嘴里吐出了很多礼物，包括彩色的桌布、地毯和厨房用具。当然，最精致的要数大青蛙吐出的礼物——银床、铜床和铁床。

第二天，小女孩一睁眼就看见了大青蛙和成堆的礼物。她赶紧起床，恭敬地跪在大青蛙面前。

大青蛙说："这些礼物是青蛙们送给你的。下面的话，希望你能谨记：如果你不开心，就睡这张铜床；如果你很平静，就睡这张铁床；如果你的新婚丈夫来了，就睡这张银床。如果你丈夫家的女人们来拜访你，你就给她们一万块钱去买花，一袋玉米粉去做玉米糊糊粥，再给两盒核桃。不过，假如你的继母和她的女儿打听你的婚后生活，你要说你过得一点儿都不好，总是被迫吃变味的硬面包。"

有一天，继母和她的女儿来看望小女孩，并问她生活得怎么样。她想起了大青蛙的话，便说："我过得一点儿也不好，每天都吃变味的硬面包。酋长的夫人们来拜访我时，我对她们很不客气，还"呸"她们。当她们表现出瞧不起我的样子时，我也不会对她们客气。就连我的丈夫回来，我也没有摆过好脸色。"听完这些话，继母让自己的女儿留了下来，她则带着小女孩回家了。

第二天，酋长的夫人们来拜访时，继母的女儿朝她们吐口水。酋长的儿子回来时，她又摆出一副臭脸。

小女孩的丈夫察觉出了妻子的变化。他不动声色地找来家里的其他人，问道："你们觉得我的妻子怎么样？"

女人们纷纷说道："以前我们来拜访她时，她会热情地送给我们核桃、玉米粉和一万块钱。可是今天上午，她却很无礼，还朝我们吐口水。"

他说："没错！以前，她总是恭敬地迎接我

回家，然后躺到那张银床上。可是刚刚，她却没有给我好脸色。这其中一定有蹊跷，那个女人不是我的妻子。”

接着，他带领卫兵来到了小女孩的卧室，杀死了那个冒充自己妻子的女人。

然后，这些卫兵来到了小女孩以前的家，将她带回到酋长儿子的身边。

后来，小女孩向丈夫坦白了所有事情，包括她的青蛙朋友们。她请求他为她的青蛙朋友们建造新居——一口大水井，可以让所有青蛙生活在一起。

品读赏析

这个故事很像非洲版灰姑娘的故事，但又有所不同。在故事中，大青蛙不但帮助小女孩摆脱了继母的虐待，还让她和酋长的儿子结了婚。即使小女孩结婚了，大青蛙也依旧想方设法地帮助她。最后，小女孩也用善良回报了自己的青蛙朋友。他们之间的友情令人感动。朋友是人生最珍贵的财富，一定要珍惜自己的朋友。

拓展延伸

尼日尔共和国

《女孩、青蛙和酋长》是流传于尼日尔的民间故事。尼日尔共和国位于非洲中西部，是撒哈拉沙漠南边的内陆国。尼日尔是世界上最不发达国家(低度开发国家)之一，农业是最基本的产业。尼日尔基础设施落后，工农业基础薄弱，是中国援非项目的重点援助目标。尼日尔对外来投资依赖较大，仍处在经济发展的初级阶段，同时也意味着在很多的领域里具有较大的发展潜力和机遇。

好客人和他的妻子

在一个小村子里住着一对年轻的夫妇。丈夫叫卡纳纳，妻子叫卡拉拉图。卡纳纳是村里有名的好客人，每天家里迎来送往，宾客络绎不绝。他还是一个大方的人，总是准备丰盛的美味佳肴与客人分享。每当这个时候，卡纳纳都会非常开心，村子里的人也因此很喜欢他。

阅读点睛

本句点明其他村民对卡纳纳的态度，侧面烘托他的热情好客。

妻子的性格与卡纳纳的截然相反，她对卡纳纳的热情好客很不满意，总是偷偷给卡纳纳找麻烦。举个例子，当卡纳纳杀掉家里的鸡给朋友吃时，卡拉拉图总是趁着菜还没上桌时偷吃一点儿，免得这些鸡肉都被外人吃了。她还总是说一些话暗示卡纳纳，不希望他这么好客。可惜她这样做并没有什么成效，所以每当发现丈夫在家宴客，她就会先偷吃掉二分之一的菜。对于妻子的小动作，卡纳纳并不是不知道，只是好脾气的他装作不知道罢了。

读书笔记

有一天，卡纳纳发了笔小财，于是买了两只鸡回家，想要和亲朋好友分享这份好心情。回到家后，卡纳纳告诉妻子一会儿要用两只鸡宴客。说完,卡纳纳便把两只鸡杀了,并交给了妻子。卡拉拉图马上着手脱鸡毛,做炖鸡前的准备工作。一切准备就绪之后,卡拉拉图开始炖鸡。很快,鸡肉的香味散发出来,渐渐地弥漫了整间厨房。卡拉拉图准备试吃一下,她从锅里拿出一块鸡肉尝了起来,越嚼越好吃。她心想:我费尽心力将鸡肉做得如此美味,却要将它们和外人分享,真是没有天理了!要是丈夫允许其中一只鸡由我独享就好了。先不想了,我还是再多吃几口吧。

想到做到,卡拉拉图把炖鸡的砂锅端了下来,然后先吃了一个鸡翅和鸡腿,没有满足,又吃掉一些鸡肉,才有点儿饱腹感。心满意足的卡拉拉图此时看到锅里只剩下一只半鸡了,感到很开心。她走到卧室,对卡纳纳说:"饭做好了!"

装睡的卡纳纳假装惊醒,他匆匆整理好自己的仪表,对卡拉拉图说:"辛苦你啦!如果你饿了,就把其中一只鸡吃了吧,给我和朋友留一只就够了。我这就出发邀请他。"说完,卡纳纳就出门了。

卡拉拉图听到这里,立刻飞奔回厨房,又吃掉了半只鸡。其实刚才她就已经快吃饱啦,可是现在感觉还能再吃一些。她坐在灶台旁,直勾勾地看着锅里仅剩的一只鸡,不停地流口水。

卡纳纳出门已经很长时间了。卡拉拉图站在大门口等了一会儿,他还没有回来。卡拉拉图转身回到了厨房,和之前一样瞪着砂锅里的鸡,心中暗想:这只鸡这么大,我偷偷吃掉一个鸡翅,应该不会被发现。她边想边点头,然后迅速吃掉了一个美味的鸡翅。她擦了擦嘴上的油,又去门口等了一会儿,还是没等到丈夫。只好重新返回厨房,看着缺了翅膀的鸡,她心想:卡纳纳怎么还不回来?鸡都快凉了。一会儿他和朋友到家了,看到这只鸡不完整,会不会生气呢?啊,我想到了!我可以说是猫干的好事。既然这样,不如把另一个鸡翅也吃掉吧。然后,她伸手将最后一个鸡翅扯下,狼吞虎咽地吃了下去。

卡拉拉图又到门口去等卡纳纳，卡纳纳仍然没回来。卡拉拉图再次回到厨房，围着砂锅转了几圈，心想：反正鸡翅已经没了，索性我直接把整只鸡都吃了吧。至于丈夫和他的朋友，等他们回来了再说。就这样，卡拉拉图心安理得地把所有的鸡肉全吃光了，还把吃剩的骨头丢到了粪坑里。

突然，大门开了，是丈夫回来了。卡纳纳刚进家门，就对妻子说道："我的朋友正在赶来的路上，你先为我们煮点儿热汤吧！外面太冷了，一会儿朋友来了可以喝碗热汤驱驱寒气。不好意思，我刚才忘说了，现在得麻烦你了。"

卡拉拉图答应了一声"好的"，转身来到了厨房，可此时她一心都在想如何度过鸡肉危机。就在她绞尽脑汁的时候，卡纳纳把之前杀鸡用的刀拿到院子里磨去了。他很用力地磨刀，传出的声音让人有些毛骨悚然。其实他只是想切东西而已。

这时，大门口传来了一阵敲门声。卡拉拉图飞奔着去开门，看到一位绅士站在门口。卡拉拉图微笑着问："您就是卡纳纳邀请来吃饭的朋友吗？"

那位绅士说："没错，希望没有打扰到你们。"

卡拉拉图故作凝重地凑上前去，悄悄对客人说："先生，恕我冒昧，您还是先走为妙。我一看就知道您还被蒙在鼓里。您想想看，是不是只有傻瓜才会没事请别人来家里做客？您听到'咔嚓'声了吗？那是卡纳纳正在后院磨刀呢，他每次请别人来家里做客，都会趁机割下他们的耳朵。如果您进来了，肯定会受到伤害。您一表人才，我实在不忍心您也遭遇这种事情，所以才将真相讲给您听。现在，趁他还没发现您，快走吧！"

客人听说自己可能受到伤害，匆忙向外逃去。看他跑远了，卡拉拉图便朝不知情的丈夫喊道："天哪，你竟然还在磨刀！你怎么邀请这种无礼的人来我们家做客？"

卡纳纳一脸茫然地看着自己的妻子，问："发生了什么事情？我的朋友做了什么无礼的事？”

读书笔记

卡拉拉图说：“他就是一个小偷。不信你看，他刚跑掉。那个人刚才来了，我看你在忙，就没打扰你，自己将他迎接进门。没想到他趁我去厨房给他端汤时，偷走了放在一旁的鸡肉，然后跑掉了。”

卡纳纳听完妻子的话，气得两眼冒火，说道：“我怎么交了这样的朋友！我好心好意相邀，他竟然做出偷走鸡肉这样的事！简直不可思议！你等我一下，我发誓要把我们的鸡肉讨回来！”

他跑到门口，看见朋友的身影越来越远，便大吼一声：“嘿！你不许跑！你别把我家的鸡肉全偷走，至少给我们留一半！”朋友对他的话置若罔闻，只顾闷头逃跑。

卡拉拉图见此情景，暗中偷笑，不过还是劝起卡纳纳：“卡纳纳，别喊了！他都跑那么远了，你肯定追不上了。只当我们倒霉吧。我以前对你说的话，你都当作耳边风，现在受到教训了吧！”

听卡拉拉图这样说，卡纳纳愈发生气。他带着刚刚磨好的菜刀，向朋友逃跑的方向追去，还不忘吼道：“别跑了！我送你一只鸡！你把剩下的那只还给我！”

阅读点睛

细节描写非常关键，由此可以想象和理解得到虚假信息的朋友有多害怕。卡纳纳和朋友之间的误会越来越深了。

朋友回头看见卡纳纳手里举着锋利的菜刀，刀刃在阳光下反射出恐怖的白光，以为他是来割自己耳朵的，吓得跑得更快了。

卡纳纳没有追上朋友，只得悻悻地返回了家。他沮丧地靠在房间一角，犹如掉进了冬日的冰河一样。卡拉拉图却满脸兴奋地问卡纳纳：“怎么样？鸡要回来了吗？快点儿拿出来吧！”

卡纳纳没好气地说：“我拿不出来，那个小人跑得太快了。没想到平时他一副正人君子的样子，暗地里却做出令人不齿的勾当。他吃了偷来的鸡，不会有好下场的。天神不会放过这样的小偷。我发誓，我再也不请朋友来家里做客了。毕竟谁也不知道这些朋友的真面目是什么。”

品读赏析

卡拉拉图偷吃了两只鸡的事没有败露，卡纳纳从此也不会再请客人来家里吃饭了，卡拉拉图的目的达到了。但是卡拉拉图的做法却使客人和卡纳纳的名声都受损了，彬彬有礼的客人成了卡纳纳眼中卑鄙的小偷，卡纳纳也被客人认为是要谋害自己的坏蛋。卡拉拉图这样做是不对的。我们对待朋友要真诚，不能诬陷别人，更不能撒谎。

拓展延伸

砂锅

砂锅是一种陶瓷炊具，由不易传热的石英、长石、黏土等材料制成。不仅中国人使用砂锅，非洲人也认为它是重要的炊具。在非洲，砂锅的普及程度和使用频率非常高。北非的砂锅是塔状的，当地人叫它塔吉锅。塔吉锅的锅身比较浅，但是有像帐篷一样很高很大的盖子，很多塔吉锅的表面装饰着精美漂亮的花纹。

长尾巴鸟和赶车人

从前，有一只外出觅食的长尾巴鸟不小心落入了人类早就布好的天罗地网中。它的身体被陷阱中的棍子卡住了，动弹不得。它怎么挣扎也逃脱不掉，心里不禁一阵绝望。突然，一条狗朝这边跑来。等它跑近之后，长尾巴鸟真心地向它请求："亲爱的狗大哥，是缘分让我们相遇，我现在身处险境，希望你能伸出援助之手。只要你救了我，我一定会好好感谢你的。"

可长尾巴鸟不知道的是，这条狗已经走了很久的路，此时肚子正饿得咕咕叫。它看着地上动弹不得的长尾巴鸟，心里非常激动。它对长尾巴鸟的求救恍若未闻，慢慢向它靠近，想要吃掉它填饱肚子。走着走着，它突然改变了主意，它想：我是外来的狗，对这个城市的一切都很陌生，如果发生意外，孤立无援的话很危险。不如向这个本地鸟伸出援手，卖个人情。打定主意后，狗使劲将束缚长尾巴鸟的绳子咬断，卡住长尾巴鸟的棍子自然掉了下来，长尾巴鸟脱困了。

长尾巴鸟舒展了一下身体，跪倒在地，向狗连连道谢。长尾巴鸟问："狗兄，你一会儿准备做什么？"狗回答道："我想去吃一顿饱饭。"

长尾巴鸟对这一带很熟悉，知道不远处的一棵大树下面有一只死了的小羊。天就要黑了，它和狗说了附近的小羊，认为它们现在出发，能在日落之前吃上晚餐。狗听得两眼放光，让长尾巴鸟在前面带路。就这样，长尾巴鸟在天上飞，狗跟着它跑，很快就看到了那只小羊。狗此时已经饥肠辘辘，它不顾形象地扑了上去，狠狠地咬在小羊的身上，狼吞虎咽地吃起来。

长尾巴鸟在一旁等待，直到狗吃够了，才开口道："现在，我带你进城休息一下吧！从今往后，你的食物由我负责。我可以在空中俯瞰，找到最好吃的食物，然后和你一起分享。"

"听起来可真不错！那我们赶快出发吧！"狗满意地连连点头。

长尾巴鸟带着狗走小路进了城。没过多久，狗提议道："鸟弟，我今天长途跋涉，刚刚又暴饮暴食，现在实在走不动了。不如我们停在这里，让我睡一会儿？"

长尾巴鸟飞到高空盘旋了一圈，感觉四周没有危险，便对狗说："那好吧，狗兄，你今天确实辛苦了，需要休息一下。你放心睡吧，我会保护你的。如果有人类前来捣乱，我一定会叫醒你的。"

"那就麻烦你了，我的朋友。"狗客气了一句，就地躺下休息，很快就进入了梦乡。过了一会儿，远处驶来一辆装满小米的牛车，眼看就要轧到狗的身上了。长尾巴鸟焦急万分地朝车夫大吼："车夫！善良的车夫！拜托你停下来吧，不要轧到我的朋友，它就在前面休息。"

车夫随口问道："你的朋友是谁呀，你这么关心它？"

长尾巴鸟将翅膀指向狗的方向，郑重地说："这位就是我的朋友！"

车夫顺着它指的方向看去，发现是一条狗，不以为意地说："你的朋友就是它？这样一条狗？我没见过比你更傻的鸟！"车夫驾驶着牛车向前走去。长尾巴鸟阻止车夫不成，急忙大喊："狗兄！我的朋友！你别睡了！危险！"而此时的狗睡得正香，没有听到长尾巴鸟的呼喊，也没有意识到危险正在到来。车夫驾驶的牛车轧过了狗的身体。狗怎么也没想到,它只是休息一下,就失去了生命。

长尾巴鸟看到这一幕,流下了伤心的眼泪,它朝车夫喊道:“残忍的车夫,你为什么这么恶毒!我都告诉过你了,让你不要轧到我的朋友,你却一意孤行地杀害了它。现在,你让我悲痛万分,我一定不会放过你的。你一定会为你今天的所作所为付出代价的!”

◉阅读点睛

设下悬念,长尾巴鸟发誓要为死去的朋友报仇,引起读者的阅读兴趣。

车夫冷笑一声,不屑一顾道:“愚蠢的长尾巴鸟,想让我付出代价?我拭目以待!”

长尾巴鸟严肃地说:“你最好小心点儿,毕竟‘善恶终有报’!”

车夫不再理会它,笑着离开了。长尾巴鸟观察了一会儿,发现他有一个习惯,那就是只顾赶车向前走,从不回头看。于是,它从高空飞到了他前面的必经之路。等车夫看不到它了,它就停在一棵树上面静静等待。很快,车夫驶过这棵大树。长尾巴鸟偷偷地飞到牛车后面,将放在上面的小米袋子啄出小洞,小米慢慢地洒出来。前面的车夫还哼着小曲,什么都不知道呢。有时,车夫会侧身张望一下,长尾巴鸟就会躲到袋子里。其实,这些小米是车夫家一年的收获,现在他要去市场将它们卖掉,然后换回一些日用品。就这样走啊走啊,马上要到达目的地时,车夫忽然感觉牛车的重量不对。他转身一看,才发现车上只剩下几个空袋子,里面的小米都不见了。他赶忙停下车,亲自爬到车后面检查,袋子里果然空空如也;他下车一看,天神啊!怎么会这样!小米都洒到了路上!长

◉读书笔记

尾巴鸟此时才显露身影，它飞到了高高的天空，嘲笑道：“这只是个开始！我要让你记住‘善恶终有报’这句话！”

长尾巴鸟对车夫冷嘲热讽了一番，还高兴得手舞足蹈。车夫在地面看到这一幕，气得火冒三丈，将随身带的板斧用力地抛向小鸟。没想到板斧才一抛出，就撞上了正上方的树杈，被反弹回来。不幸的事情发生了，板斧直直地砸到了车夫的脚面，疼得他哭天喊地、泪流不止。

长尾巴鸟却幸灾乐祸地说道：“看到了吧，这就是‘善恶终有报’。”

车夫想狠狠地收拾一顿长尾巴鸟，却没有什么好办法，只得暂时忍气吞声。他忍住脚上的伤痛，一瘸一拐地回到车上，驾驶牛车准备回家。车夫沿途发现洒落的小米，心疼不已。长尾巴鸟也尾随了车夫一路，就在车夫的正上方捣乱。它时高时低地飞着，偶尔还撕扯车夫的外套。车夫碍于脚伤不便回击，只能用凶狠的眼神瞪着长尾巴鸟，连连咬牙道：“讨厌的畜生！”长尾巴鸟做得实在过分了，他真想用斧子杀死它，可是之前的教训已经让他吃足了苦头，他实在不敢轻举妄动。返程的一路，车夫都在忍耐，最后只能靠咬指尖控制自己了。

终于进了家门，妻子赶忙迎了上来，将神情痛苦、走路不便的车夫带进了房间，关切地问道：“天哪！这是发生什么了？你去集市打架了吗？”

车夫抱怨道：“我去集市途中驾车轧死了一条躺

阅读点睛

‘善恶终有报’这句话多次出现，突出故事所要表达的观点。

读书笔记

在路上的狗，狗的朋友长尾巴鸟就跟了我一路。它啄破了装小米的袋子，小米已经漏没了。不仅如此，我后来想要教训它，却不小心弄伤了自己的脚。”车夫话音刚落，就发现长尾巴鸟进了他们的房间，落在一旁的饭锅上。车夫当即喊了起来：“夫人，快看！这就是那只讨厌的长尾巴鸟！”

读书笔记

妻子从车夫口中得知了事情的始末，知道这只长尾巴鸟就是罪魁祸首，也很生气。她骂道：“讨厌的畜生，原来都是你害的。我今天一定要让你知道我的厉害！”说着，妻子也拿了一把板斧砍向锅上的鸟。长尾巴鸟看到危险降临，迅速飞到一旁，此时妻子手中的板斧已经飞出去，直接砸坏了饭锅。

长尾巴鸟飞到房梁上，嘲讽道：“我再说一遍，这叫‘善恶终有报’。”

妻子见此情景，气得又将板斧扔向房梁。这一次，板斧还是没有砍中长尾巴鸟，反而打碎了悬在屋顶的葫芦，里面的米饭洒落在地。长尾巴鸟在房间内灵活地转移地点，妻子的板斧也锲而不舍地砍向它，很快房间里已经一片狼藉。最后，房间内已经不剩几件完整的家具了。

阅读点睛

长尾巴鸟与妻子的斗争充分显现了妻子的愚笨，同时也反衬出长尾巴鸟的聪明。

长尾巴鸟轻松地完成了它的报复，高兴地说：“这回记住了吗？‘善恶终有报’。”

车夫灵机一动，他悄悄来到妻子身边，说道：“我们先把门窗关好，然后来个瓮中捉鳖，这样它肯定逃不出我们的手掌心。”

两个人都觉得这个方法万无一失，于是关好了房间的门窗。这回夫妻俩齐心协力，终于抓住了长尾巴鸟。车夫边打开门窗，边和妻子讨论如何收拾这只讨厌的长尾巴鸟。

车夫首先建议道："我们将这只小畜生烧死吧！"

妻子不同意："不行！烧死它太干脆了，我一定要好好折磨它，让它知道惹怒我们没有好下场。"

可长尾巴鸟并不害怕，它讥笑地说："威胁对我毫无作用，你们绝不会达到想要的目的。另外，我再重复一遍：'善恶终有报。'我劝你们在对我下手之前再斟酌一下，不要一时冲动，落得害人害己的下场。"

看到长尾巴鸟死到临头还在说大话，夫妻俩愈发恼怒。车夫的妻子首先按捺不住了，准备用家里的宝剑杀了长尾巴鸟。她说："我先杀了你！"车夫非常欣赏妻子的勇敢，牢牢抓住长尾巴鸟的脖颈和两翼，亲自将它送到了妻子的面前。妻子此时已经被愤怒冲昏了头脑，她面目狰狞地持剑向长尾巴鸟刺去。可是夫妻俩谁也没想到，妻子的剑没有割断此时动弹不得的长尾巴鸟的脖颈，反而刺向了呆立一旁的丈夫。车夫家的宝剑是传世珍宝，削铁如泥，再加上妻子用了十二分力气，车夫还来不及反应，就死了。

车夫死了，自然无法再禁锢长尾巴鸟。长尾巴鸟恢复自由后，很快飞到房顶，说起风凉话："真是大义灭亲的好妻子啊，害人者终害己。我说过'善恶终有报'！"

妻子这才反应过来自己杀死了丈夫，强烈的刺激使她方寸大乱，一下子变得疯疯癫癫、神志不清。只见她手握板斧跑进了森林。她在森林里到处找鸟，然后挥舞手中的板斧，口中念叨："善恶终有报！善恶终有报！"可是，她并没有砍到一只鸟。

品读赏析

车夫残忍地杀害了长尾巴鸟的朋友，并对此毫不在意。后来，他还试图和妻子合力杀死长尾巴鸟。最后，他们二人反遭报应。文中反复提到的“善恶终有报”这句话是故事的主旨，意在告诉我们要做一个善良的人，要像长尾巴鸟那样知恩图报。

拓展延伸

维达鸟

维达鸟是非洲著名的长尾巴鸟，主要分布于非洲热带草原和疏林中，主要以果实、种子和嫩芽为食，也吃昆虫和蠕虫。维达鸟不筑巢，主要寄居在梅花雀科鸟类的巢穴中。维达鸟体型很小，但长尾所占的比例却很大。

一个吹鼓手

相传，在遥远的非洲北部有一个神奇的国家。那里本来国泰民安，不想突然天降横祸。这场祸患与风无关，与水无关，与火也无关，而是不起眼的老鼠引起的。如果你去了那里，随便走走都会被老鼠包围。如果你和城里人说起老鼠，他们肯定滔滔不绝。天黑了，大家都准备休息了，可是床上却爬满了老鼠。晚上把老鼠赶走，第二天起来就会发现外套口袋又被老鼠占领了。一开始鼠患也没有这么严重，可是后来老鼠的数量成倍地增长。毫不夸张地讲，闹灾的老鼠数量是整个国家苍蝇数量的百倍有余，老鼠多得让人觉得走路都困难。

国家闹鼠患，百姓们的存粮都被糟蹋了。粮库只要有一点点缝隙，老鼠就会钻进去，将里面的存粮吃干净。一日三餐一定要赶快吃，不然就得被不知分寸的老鼠吃光。还有家里的甜品，即使被主人家保存在木质箱子里，外面裹

得严严实实，也能被老鼠发现，然后用它们尖利的牙齿把箱子咬烂，吃掉美味的甜品。皮质用品也没能逃脱老鼠的魔爪。只要是皮革制作的，无论是衣饰鞋帽还是日常用品，都是老鼠最喜欢破坏撕咬的玩具。

最让人们感到痛苦的是老鼠打扰了他们休息。夜幕降临，操劳一天的人们准备上床睡觉，这时总会有老鼠前来捣乱，人们需要不断地赶跑老鼠，片刻也不得安宁。而那些行动不便的人就只能被老鼠撕扯啃咬，最后凄惨地死去。

也许你会想，鼠患这么严重，给人们的生命和财产安全造成了巨大的威胁，怎么还不行动起来消灭老鼠呢？事情哪有那么简单？一个老鼠看起来是很不起眼，但是现在鼠满为患，根本无从下手。说起来猫是老鼠的天敌，但与老鼠比起来，猫的数量实在太少，猫反而有些胆怯，害怕成群的老鼠。人们只能想尽各种招数灭鼠，包括设陷阱、投鼠药等，可最后都没能成功，老鼠的数量还在持续增加。偶尔，老鼠们还会仗着数量众多将人们包围起来，向人们发起挑衅，似乎在说："现在，轮到我们老鼠做主了！"

全国百姓都无法维持正常的工作和生活，不得不向最高统治者求救。人们向国王表示，最近国家的鼠患扰得人们不得安宁，国王应该帮助人们平息这场灾祸。更有甚者指出，如果国王没有能力解救他的子民于鼠患之中，那么他的王位也该让给别人了。

可是此时鼠患已经祸及全国，即使是尊贵的国王也不知该如何是好。面对子民们的求助和百官们的逼问，国王感到很痛苦。这天，国王正坐在宫廷的花园里愁眉不展，侍卫告知有位老人前来求见。老人很快被带到了国王面前，他恭敬地向国王行了个礼。

国王已经很久没有受到这样的礼遇了，他非常感动，认真观察了一下这位老人，然后以平易近人的语气说："这位绅士，放松一点儿。你的家在哪儿？你是做什么工作的？"

"我是流浪者，一直居无定所。今天冒昧请见是有事情想和您说。蒙天神垂怜，我掌握了吹奏的手艺，因此认识我的人都称呼我为吹鼓手。”老人回答。

国王听到这里，已经对这位吹鼓手没有什么兴趣了，敷衍道：“要知道，绅士，我很需要你这样的人才，但现在不是好时机。全国都在闹鼠患，还没有有效的应对措施。你来得实在不是时候，我奉劝你尽早离开吧。”吹鼓手没有惊慌，反而说道：“尊敬的国王，我想你误会我的意思了。我并不是普通的吹鼓手，因为我的这项技能是天神赐予的。每当我吹响乐器，就会吸引附近所有有生命的东西跟随我，既包括飞禽走兽，也包括游鱼小虫，当然还有人类。这意味着我的这项技能能够帮助到你们。我正是听说了你们国家的灾患，才来到这里，如果您能留下我，我敢保证能够解除这场老鼠闹出来的祸患。”

国王一改之前的态度，笑意盈盈地说：“天神保佑，将您带到了我身边。只要您能帮助我们解决鼠患，您想要什么我都可以满足。说到这里，您有什么愿望吗？”

吹鼓手说：“非常感谢。我孤身一人，钱财于我而言只是身外之物。如果可以的话，您只需要赏赐我一百金币即可，权当抵作这段时间的花费。”国王感觉非常奇怪，说道：“您真是一个与众不同的人，帮了我们国家这么大的忙，却只要一百金币。这简直太不可思议了，因为即使您要一万金币，我也愿意支付。请您帮我们消灭可恶的老鼠吧，我愿意为此付出任何代价。这是我作为国王的承诺，绝无虚言！”

吹鼓手又行了个礼，说道：“感谢您，尊贵的国王。”语毕，他离开了王宫，来到宫外的路中央，拿出随身携带的乐器开始吹奏。他走过了城里所有的街道，听着他悠扬的乐声，老鼠们果然都跑了出来。只见一大群大老鼠、小老鼠、红老鼠、白老鼠、灰老鼠……全都跟随在吹鼓手的后面，蹦蹦跳跳的，仿佛在为他伴舞。如果有人仔细观察一下，就会发现其中还有一些刚出生的小老鼠，磕磕绊绊地跟着他往前走。

吹鼓手感觉时机已经成熟了，就向城外的小溪边行进，他的身后跟随着全城的老鼠。不知情的百姓终于发现了这一奇景，纷纷结伴出门观看。此时的吹鼓手已经到达了小溪，他没有停下脚步，毅然决然地跳进溪水中，但他没有停止吹奏。老鼠们自然也跟着跳进水中，仿佛被迷了心智。如此一来，老鼠都被淹死了。很快，水面上就漂满了它们的尸体。城里的老鼠只有一只幸存，其余的都葬身小溪。人们发现困扰许久的鼠患被解决了，都乐开了花，聚在一起载歌载舞。接着，吹鼓手又用同样的方法解决了其他城市的鼠患，解救了当地的人民。解除了鼠患的城市赶紧做好灾后防御措施，人们唯恐还有漏网之鱼，将能找到的老鼠洞都毁坏了，不给老鼠一点儿生机。

没过多久，完成任务的吹鼓手回到了王宫，国王笑容满面地将他迎入殿内，客气地和他交谈。吹鼓手发现国王除了语言上的谢意之外别无表示，便委婉地说："尊敬的国王，我刚刚完成了我们之间的约定，解决了你们的难题，这确实是一件喜事。不过，之前我们还做了其他约定，不知您是否记得？"

国王听了吹鼓手的话，皱了皱眉，心想：别说我现在没有一百金币，就算是有也不想给你。你只是随便吹奏了几下乐器，凭什么得到一百金币呢？而且现在已经没有老鼠了，即使我不兑现承诺，你也没有办法。国王打定主意要赖账，便皮笑肉不笑地说："如果你说的约定是指一百金币的话，那么我实话告诉你吧，那只是我随便说说的，你怎么能当真呢？这样吧，这是十五枚金币，你都拿走吧。话说回来，你已经这么大年纪了，也用不了一百金币啊。"

吹鼓手听完国王的无赖之词，又生气又鄙视地说："你作为国家的统治者，竟然出尔反尔。你年纪也不小了，怎么还做这样的事？希望你尽快兑现你的诺言，只要你拿出一百金币，我立即就走，再也不会和你见面。"

国王恼羞成怒，说："你别痴心妄想了！你只是随随便便地吹奏了几下乐器，竟然敢狮子大张口，索要一百金币？我拿出十五枚金币已经够仁慈了，如果不讲情面的话，你顶多能拿三枚金币。要知道，农民劳作可比你辛苦多了，你却想要拿到千倍于他们的酬劳！真是不知天高地厚！”

“我警告你，倘若你违背了当初对我的承诺，我一定会惩罚你的，到时候你可别后悔！”

“去吧！我倒要看看你能怎么惩罚我！难不成你可以复活已经死去的老鼠？”国王轻蔑地说。

吹鼓手怒极反笑，不疾不徐道：“复活已经死去的老鼠确实做不到，可是我会让你后悔现在的态度。”吹鼓手放下狠话，走出了宫殿，又拿出乐器沿着大街小巷吹奏起来。与之前不同的是，这次跟随在吹鼓手身后的是全城的小孩儿，这些高矮胖瘦各不相同的小孩儿像被吹鼓手施了魔法。他们中不仅有百姓家的小孩儿，还有几位王子。大王子率先领唱，其余的小孩儿紧跟着唱了起来。只听他们一句一句地唱道：

听到音乐出来吧，
嗨哟！嗨哟！大家多快乐！
随心唱歌呀随心跳舞，
嗨哟！嗨哟！大家很开心！
炊饼，烧烤，应有尽有，
嗨哟！嗨哟！大家多快乐！
果汁，饮料，取之不尽，
嗨哟！嗨哟！大家很开心！
绫罗，绸缎，随便取用，
嗨哟！嗨哟！大家多欢喜！
打猎，野营，欢聚一堂，
嗨哟！嗨哟！大家多快乐！
金银，珠宝，尽情拿吧，

嗨哟！嗨哟！大家很开心！

美好日子在这里呀，

嗨哟！嗨哟！大家多欢喜！

城里的大人们对国王的所作所为毫不知情，还以为是吹鼓手在和小孩们玩耍，对吹鼓手增加了许多好感。不过，大人们很快就感觉事情有些不对，因为吹鼓手带着孩子们出了城。他们都有些担心，万一孩子失足落水了怎么办？

但是吹鼓手并没有带着孩子们向小溪的方向走，反而越来越靠近城外的高山。国王和小孩儿的家长们此时都来到了城边，国王似乎并不担心，反而在想：这些小孩儿又不能爬山，你还有什么招数都使出来吧！

没过多久，吹鼓手和小孩子们到了山脚下，城边的大人们突然发现高山中间出现了一条裂缝。只见吹鼓手带头钻进了裂缝，剩下的小孩儿也紧随其后。等小孩儿几乎都进了山，那条裂缝忽然不见了，只有走在最后的一个小孩儿留在了山的外面。

家长们眼睁睁看着自己的孩子消失在了裂缝里，都绝望地呼天抢地，痛不欲生。最重要的是，几个小王子也在其中，这意味着如果这些孩子救不回来，就没有人继承王位了。

发生了这么大的事情，伤心欲绝的百姓却连吹鼓手为什么这么做都不知道。他们也不知道，此时和他们哭成一团的国王，就是带给他们痛苦的始作俑者。

那位幸存者的家长飞快地跑到山脚，用力地拥抱着自己的儿子。其他家长也赶了过来，询问这位幸存者奇怪行动的缘由。小孩儿说："吹鼓手的音乐告诉我们，只要跟在他的后面，就能实现梦想。他说：'果汁汇成海，饮料是小溪，想喝就能喝；烧烤不间断，炊饼无限大，想吃就能吃。'可是，其他小朋友都去过天堂般的好日子了，只留下了孤单单的我。天神，为什么要这样对我？"

大人们听到这里，知道这个小孩儿已经被吹鼓手的谎言冲昏了头脑，再联想到此时不知生死的儿女，一时间悲从中来，泪流不止。他们的痛苦感染了世间万物。之前幸存的老鼠也出现在这里，说道："我必须承认，现在这个小孩儿的心情和我之前的一般无二。我也从吹鼓手的音乐中听到了这种话语：'跳进小溪，就能升上天堂，天堂中的米肉蛋奶和甜点取之不尽用之不竭。'他还告诉我们到达天堂就不会再有危险，因为那里没有我们的天敌。就这样，我们和他走到小溪边，看着其他老鼠都跳进了小溪，我也准备行动。可突然天降碎石，把我打飞了，我就没能和它们一起走。如今，其他老鼠肯定都在天堂享福，不知道有多欢喜，只有我一个留在痛苦的世间。"

国王耳闻百姓的痛哭，眼见百姓的痛苦，心里很不是滋味。可是不管他命令多少侍卫外出寻找孩子们的踪迹，得到的都是让人失望的消息。

众所周知，世界上没有不透风的墙。没等孩子找回来，国王与吹鼓手之间的恩怨就被传得满城风雨，有知情者说："大家还被蒙在鼓里吧？其实我们都受了无妄之灾。如果不是国王，我们的孩子也不会丢。"

大家也很奇怪："确实有些不对，之前吹鼓手还帮我们解决了鼠患，怎么会突然转变了态度？国王到底做了什么？快和大家说说吧。"

几位知情人士便将国王与吹鼓手那天争论的详情说了出来。大家越听越生气，发疯般闯进国王的宫殿。国王还不知自己的所作所为已经被发现了，慌忙从殿内出来，质问众人发生了什么。心中燃烧着怒火的百姓们见到国王，更加怒不可遏，纷纷冲到他的面前，又是殴打又是咒骂，更有甚者还吐口水……国王发现事情不妙，匆忙向外面逃去，愤怒的百姓紧追不舍。后来，被打得狼狈不堪的国王被百姓赶出了这个国家，到邻国避难去了。

树倒猢狲散，国王逃跑后，王宫内部也乱成了一锅粥。几位王后争先恐后地宣布自己恢复单身，然后带上自己的嫁妆回了家。其他在王宫居住的人，包括王室成员的随从、小厮、厨师、门房等，都开始抢夺奇珍异宝和金币珠玉。很快，王宫被抢夺一空，并燃起大火。这场大火一直烧了三个昼夜，大火熄灭后，这座见证了无数王朝兴衰的王宫化为废墟，成为了历史。

品读赏析

吹鼓手帮这个国家解决了鼠患，不想事成之后国王却翻脸不认人，违背了当初对吹鼓手许下的诺言，最后遭到了吹鼓手的报复，下场凄惨。我们一定要牢记一诺千金的行事准则，不要做像国王这样出尔反尔的小人。

拓展延伸

吹鼓手

吹鼓手是指在某些仪式上吹奏乐器的人，现也可用来比喻忙碌的人。我国的吹鼓手可根据地域大致分为以下几个流派：梁平吹鼓手（梁平吹鼓手是一种非物质文化遗产技艺，属于上层建筑范畴，代表传承人物是李忠文）、陕北吹鼓手（陕北吹鼓手属于陕北特色的地方文化，他们常用的乐器是唢呐）、桂林吹鼓手（桂林吹鼓手是一种特殊行业，懂得吹多种曲调，也熟悉婚丧礼仪）。

读后感

非洲是人类古文明的发祥地之一。在这片大陆上，古代非洲人用勤劳和智慧创造了辉煌的历史和灿烂的文化，也让世人对它充满了好奇，当然我也不例外。

非洲民间故事情节生动、幽默，语言朴实、简洁，从多个角度展现了古代非洲人的生活状态、风俗习惯，具有非常鲜明的地域特色和民族特色。这本书也带给我一定的启迪，比如做一个善良的人、要言而有信、不能懒惰……而让我印象最深刻的故事是《爱吹牛的丈夫》。故事中的丈夫是一个很优秀的男人，但唯一的缺点就是爱吹牛。他常常跟妻子吹嘘自己是一个英勇的男人，他的妻子都听得不耐烦了。有一次，妻子找来了一个强壮的男人假扮歹徒来吓唬他，一直自诩勇敢的丈夫却胆怯了。最后他认识到了自己的问题，再也不吹牛了。在这个故事中，我知道了要有正确的自我认知，要知错能改！

这本书是我认识非洲、了解非洲的一个引导者，让我对非洲的文明、文化有了更加浓厚的兴趣。

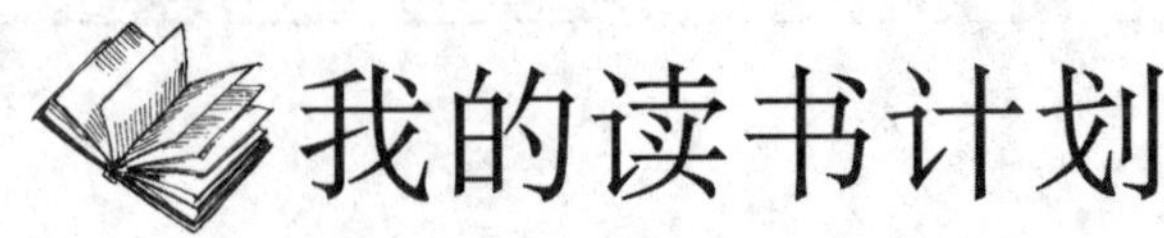

我的读书计划

我想读的书：________________________________

作者：________________________________

读书时间：__________年____月____日

我想读的书：________________________________

作者：________________________________

读书时间：__________年____月____日

我想读的书：________________________________

作者：________________________________

读书时间：__________年____月____日

我想读的书：________________________________

作者：________________________________

读书时间：__________年____月____日